小学生のうちに読んでおきたい

胸を打つ

日本の美しい物語

主婦と生活社

もくじ

日本《にほん》の
名作童話《めいさくどうわ》

本書《ほんしょ》に掲載《けいさい》した十編《じっぺん》の特徴《とくちょう》

本書《ほんしょ》には、日本《にほん》を代表《だいひょう》する童話作家四名《どうわさっかよんめい》の名作《めいさく》が、十編《じっぺん》おさめられています。

小川未明《おがわみめい》の「月夜《つきよ》とめがね」は幻想的《げんそうてき》なお話《はなし》ですが、同《おな》じ時期《じき》に発表《はっぴょう》された「野《の》ばら」は、未明《みめい》の平和《へいわ》への思《おも》いが込《こ》められています。

数多《かずおお》くの童話《どうわ》を生《う》み出《だ》した浜田廣介《はまだひろすけ》の初期《しょき》の作品《さくひん》「むく鳥《どり》のゆめ」と「光《ひかり》の星《ほし》」、代表作《だいひょうさく》「泣《な》いた赤《あか》おに」、いずれもやさしさや思《おも》いやりが描《えが》かれています。

とかく難解《なんかい》といわれる宮澤賢治《みやざわけんじ》の作品《さくひん》のなかでも、「注文《ちゅうもん》の多《おお》い料理店《りょうりてん》」と「セロひきのゴーシュ」は、ストーリーもわかりやすく、人間《にんげん》と動物《どうぶつ》のやりとりがユーモアにあふれていて、楽《たの》しく読《よ》むことができます。

小学校《しょうがっこう》の教科書《きょうかしょ》にも掲載《けいさい》されている新美南吉《にいみなんきち》の代表作《だいひょうさく》「ごんぎつね」は、悲《かな》しくも心《こころ》に響《ひび》くお話《はなし》、「手《て》ぶくろを買《か》いに」は心《こころ》あたたまるお話《はなし》です。「でんでん虫《むし》の悲《かな》しみ」は、短《みじか》いながらも考《かんが》えさせられる幼年童話《ようねんどうわ》です。

これらは大正《たいしょう》から昭和《しょうわ》にかけて発表《はっぴょう》された作品《さくひん》ですが、どれも今日《こんにち》まで読《よ》みつがれている名作《めいさく》です。なんど読《よ》んでもあきることのない童話《どうわ》の世界《せかい》を、親子《おやこ》で味《あじ》わってみてください。

手《て》ぶくろを買《か》いに

作●新美南吉　絵●佐古百美

寒《さむ》い冬《ふゆ》が北方《ほっぽう》から、きつねの親子《おやこ》のすんでいる森《もり》へもやって来《き》ました。

　ある朝《あさ》ほらあなから子《こ》どものきつねが出《で》ようとしましたが、「あっ。」とさけんで目《め》をおさえながら母《かあ》さんぎつねのところへころげてきました。

「母《かあ》ちゃん、目《め》に何《なに》かささった、ぬいてちょうだい早《はや》く早《はや》く。」と言《い》いました。

　母《かあ》さんぎつねがびっくりして、あわてふためきながら、目《め》をおさえている子《こ》どもの手《て》をおそるおそるとりのけて見《み》ましたが、何《なに》もささってはいませんでした。母《かあ》さんぎつねはほらあなの入《い》り口《ぐち》から外《そと》へ出《で》てはじめてわけがわかりました。昨夜《さくや》のうちに、まっ白《しろ》な雪《ゆき》がどっさりふったのです。その雪《ゆき》の上《うえ》からおひさまがキラキラと照《て》らしていたので、雪《ゆき》はまぶしいほど反射《はんしゃ》していたのです。雪《ゆき》を知《し》らなかった子《こ》どものきつねは、

あまり強《つよ》い反射《はんしゃ》をうけたので、目《め》に何《なに》かささったと思《おも》ったのでした。

子《こ》どものきつねは遊《あそ》びに行《い》きました。真《ま》わたのようにやわらかい雪《ゆき》の上《うえ》をかけまわると、雪《ゆき》の粉《こ》が、しぶきのように飛《と》び散《ち》って小《ちい》さいにじがすっとうつるのでした。

するととつぜん、うしろで、
「どたどた、ざーっ」とものすごい音《おと》がして、パン粉《こ》のような粉雪《こなゆき》が、ふわーっと子《こ》ぎつねにおっかぶさってきました。子《こ》ぎつねはびっくりして、雪《ゆき》の中《なか》にころがるようにして十《じゅう》メートルも向《む》こうへにげました。なんだろうと思《おも》ってふりかえって見《み》ましたが何《なに》もいませんでした。それはもみの枝《えだ》から雪《ゆき》がなだれ落《お》ちたのでした。まだ枝《えだ》と枝《えだ》の間《あいだ》から白《しろ》いきぬ糸《いと》のように雪《ゆき》がこぼれていました。

間《ま》もなくほらあなへ帰《かえ》ってきた子《こ》ぎつねは、

「お母《かあ》ちゃん、おててが冷《つめ》たい、お

ててがちんちんする。」と言《い》って、ぬれてぼたん色《いろ》になった両手《りょうて》を母《かあ》さんぎつねの前《まえ》にさし出《だ》しました。母《かあ》さんぎつねは、その手《て》に、は——っと息《いき》をふっかけて、*ぬくとい母《かあ》さんの手《て》でやんわり包《つつ》んでやりながら、
「もうすぐあたたかくなるよ、雪《ゆき》をさわると、すぐあたたかくなるもんだよ。」と言《い》いましたが、かあいいぼうやの手《て》にしも焼《や》けができてはかわいそうだから、夜《よる》になったら、町《まち》まで行《い》って、ぼうやのおててに合《あ》うような毛糸《けいと》の手《て》ぶくろを買《か》ってやろうと思《おも》いました。

*ぬくとい……あたたかい

暗《くら》い暗《くら》い夜《よる》がふろしきのようなかげを広《ひろ》げて野《の》原《はら》や森《もり》を包《つつ》みにやって来《き》ましたが、雪《ゆき》はあまり白《しろ》いので、包《つつ》んでも包《つつ》んでも白《しろ》くうかび上《あ》がっていました。

親子《おやこ》の銀《ぎん》ぎつねはほらあなから出《で》ました。子《こ》どもの方《ほう》はお母《かあ》さんのおなかの下《した》へ入《はい》りこんで、そこからまんまるな目《め》をぱちぱちさせながら、あっちやこっちを見《み》ながら歩《ある》いていきました。

やがて、行《ゆ》く手《て》にぽっつりあかりが一《ひと》つ見《み》えはじめました。それを子《こ》どものきつねが見《み》つけて、

「母《かあ》ちゃん、お星《ほし》さまは、あんな低《ひく》いところにも落《お》ちてるのねえ。」と聞《き》きました。

「あれはお星《ほし》さまじゃないのよ。」と言《い》って、そのとき母《かあ》さんぎつねの足《あし》はすくんでし

まいました。

「あれは町《まち》の灯《ひ》なんだよ。」

その町《まち》の灯《ひ》を見《み》たとき、母《かあ》さんぎつねは、あるとき町《まち》へお友《とも》だちと出《で》かけていって、とんだ目《め》にあったことを思《おも》い出《だ》しました。およしなさいって言《い》うのも聞《き》かないで、お友《とも》だちのきつねが、ある家《いえ》のあひるをぬすもうとしたので、お百姓《ひゃくしょう》に見《み》つかって、さんざ追《お》いまくられて、命《いのち》からがらにげたことでした。

「母《かあ》ちゃん何《なに》してんの、早《はや》く行《い》こうよ。」と子《こ》どものきつねがおなかの下《した》から言《い》うのでしたが、母《かあ》さんぎつねはどうしても足《あし》が進《すす》まないのでした。そこで、しかたがないので、ぼうやだけを一人《ひとり》で町《まち》まで行《い》かせることになりました。

「ぼうやおててを片方《かたほう》お出《だ》し。」

とお母《かあ》さんぎつねが言《い》いました。

その手《て》を、母《かあ》さんぎつねはしばらくにぎっている間《あいだ》に、かわいい人《にん》間《げん》の子《こ》どもの手《て》にしてしまいました。ぼうやのきつねはその手《て》を広《ひろ》げたりにぎったり、つねってみたり、かいでみたりしました。

「なんだか変《へん》だな母《かあ》ちゃん、これなあに？」と言《い》って、雪《ゆき》あかりに、またその、人間《にんげん》の手《て》に変《か》えられてしまった自分《じぶん》の手《て》をしげしげと見《み》つめました。

「それは人間《にんげん》の手《て》よ。いいかいぼうや、町《まち》へ行《い》ったらね、たくさん人間《にんげん》の家《いえ》があるからね、まず表《おもて》にまるい*シャッポのかんばんのかかっている家《いえ》をさがすんだよ。それが見《み》つかったらね、トントンと戸《と》をたたいて、こんばんはって言《い》うんだよ。そうするとね、中《なか》から人間《にんげん》が、すこうし戸《と》をあけるからね、その戸《と》のすきまから、こっちの手《て》、ほらこの人間《にんげん》の手《て》をさし入《い》れてね、この手《て》にちょうどいい手《て》ぶくろちょうだいって言《い》うんだよ、わかったね、けっして、こっちのおててを出《だ》しちゃだめよ。」と母《かあ》さんぎつねは言《い》い聞《き》かせました。

*シャッポ…ぼうし

「どうして？」とぼうやのきつねは聞《き》きかえしました。

「人間《にんげん》はね、相手《あいて》がきつねだとわかると、手《て》ぶくろを売《う》ってくれないんだよ、それどころか、つかまえておりの中《なか》へ入《い》れちゃうんだよ、人《にん》間《げん》ってほんとにこわいものなんだよ。」

「ふーん。」

「けっして、こっちの手《て》を出《だ》しちゃいけないよ、こっちの方《ほう》、ほら人《にん》間《げん》の手《て》の方《ほう》をさし出《だ》すんだよ。」と言《い》って、母《かあ》さんのきつねは、持《も》ってきた二《ふた》つの白銅貨《はくどうか》を、人間《にんげん》の手《て》の方《ほう》へにぎらせてやりました。

子《こ》どものきつねは、町《まち》の灯《ひ》を目《め》あてに、雪《ゆき》あかりの野原《のはら》をよちよちやって行《い》きました。はじめのうちは一《ひと》つきりだった灯《ひ》が二《ふた》つになり三《みっ》つになり、はては十《とお》にも増《ふ》えました。きつねの子《こ》どもはそれを見《み》て、灯《ひ》には、星《ほし》と同《おな》じように、赤《あか》いのや黄《き》いのや青《あお》いのがあるんだなと思《おも》いました。やがて町《まち》に入《はい》りましたが通《とお》りの家々《いえいえ》はもうみんな戸《と》をしめてしまって、高《たか》いまどからあたたかそうな光《ひかり》が、道《みち》の雪《ゆき》の上《うえ》に落《お》ちているばかりでした。

けれど表《おもて》のかんばんの上《うえ》にはたいてい小《ちい》さな電灯《でんとう》がともっていましたので、きつねの子《こ》は、それを見《み》ながら、ぼうし屋《や》をさがして行《い》きました。自転車《じてんしゃ》のかんばんや、めがねのかんばんやその他《た》いろんなかんばんが、あるものは、新《あたら》しいペンキでえがかれ、あるものは、古《ふる》いかべのようにはげていましたが、町《まち》にはじめて出《で》てきた子《こ》ぎつねにはそれらのものがいったいなんであるかわからないのでした。

とうとうぼうし屋《や》が見《み》つかりました。お母《かあ》さんがみちみちよく教《おし》えてくれた、黒《くろ》い大《おお》きなシルクハットのぼうしのかんばんが、青《あお》い電灯《でんとう》に照《て》らされてかかっていました。

子《こ》ぎつねは教《おし》えられたとおり、トントンと戸《と》をたたきました。

「こんばんは。」

すると、中《なか》では何《なに》かことこと音《おと》がしていましたがやがて、戸《と》が一寸《いっすん》*ほどゴロリとあいて、光《ひかり》の帯《おび》が道《みち》の白《しろ》い雪《ゆき》の上《うえ》に長《なが》くのびました。

子《こ》ぎつねはその光《ひかり》がまばゆかったので、めんくらって、まちがった方《ほう》の手《て》を、――お母《かあ》さまが出《だ》しちゃいけないと言《い》ってよく聞《き》かせた方《ほう》の手《て》をすきまからさしこんでしまいました。

「このおててにちょうどいい手《て》ぶくろください。」

＊一寸《いっすん》…およそ三《さん》センチメートル

するとぼうし屋《や》さんは、おやおやと思《おも》いました。きつねの手《て》です。きつねの手《て》が手《て》ぶくろをくれと言《い》うのです。これはきっと木《こ》の葉《は》で買《か》いに来《き》たんだなと思《おも》いました。そこで、「先《さき》にお金《かね》をください。」と言《い》いました。子《こ》ぎつねはすなおに、にぎってきた白銅貨《はくどうか》を二《ふた》つぼうし屋《や》さんにわたしました。ぼうし屋《や》さんはそれを人《ひと》さし指《ゆび》の先《さき》にのっけて、カチあわせてみると、チンチンとよい音《おと》がしましたので、これは木《こ》の葉《は》じゃない、ほんとのお金《かね》だと思《おも》いましたので、たなから子《こ》ども用《よう》の毛《け》糸《いと》の手《て》ぶくろをとり出《だ》してきて子《こ》ぎつねの手《て》に持《も》たせてやりました。子《こ》ぎつねは、お礼《れい》を言《い》ってまた、もと来《き》た道《みち》を帰《かえ》りはじめました。

「お母《かあ》さんは、人間《にんげん》はおそろしいものだっておっしゃったが、ちっともおそろしくないや。だってぼくの手《て》を見《み》てもどうもしなかったもの。」と思《おも》いました。けれど子《こ》ぎつねはいったい人間《にんげん》なんてどんなものか見《み》たいと思《おも》いました。

あるまどの下《した》を通《とお》りかかると、人間《にんげん》の声《こえ》がしていました。なんというやさしい、なんという美《うつく》しい、なんというおっとりした声《こえ》なんでしょう。

「ねむれ　ねむれ
　母《はは》のむねに、
　ねむれ　ねむれ
　母《はは》の手《て》に――」

子《こ》ぎつねはその歌声《うたごえ》は、きっと人間《にんげん》のお母《かあ》さんの声《こえ》にちがいないと思《おも》いました。だって、子《こ》ぎつねがねむるときにも、やっぱり母《かあ》さんぎつねは、あんなやさしい声《こえ》でゆすぶってくれるからです。

すると今度《こんど》は、子《こ》どもの声《こえ》がしました。

「母《かあ》ちゃん、こんな寒《さむ》い夜《よる》は、森《もり》の子《こ》ぎつねは寒《さむ》い寒《さむ》いってないてるでしょうね。」

すると母《かあ》さんの声《こえ》が、
「森《もり》の子《こ》ぎつねもお母《かあ》さんぎつねのお歌《うた》を聞《き》いて、ほらあなの中《なか》でねむろうとしているでしょうね。さあぼうやも早《はや》くねんねしなさい。森《もり》の子《こ》ぎつねとぼうやとどっちが早《はや》くねんねするか、きっとぼうやの方《ほう》が早《はや》くねんねしますよ。」
それを聞《き》くと子《こ》ぎつねは急《きゅう》にお母《かあ》さんがこいしくなって、お母《かあ》さんぎつねの待《ま》っている方《ほう》へとんでいきました。

お母《かあ》さんぎつねは、心配《しんぱい》しながら、ぼうやのきつねの帰《かえ》ってくるのを、今《いま》か今《いま》かとふるえながら待《ま》っていましたので、ぼうやが来《く》ると、あたたかいむねにだきしめて泣《な》きたいほどよろこびました。

二《に》ひきのきつねは森《もり》の方《ほう》へ帰《かえ》っていきました。月《つき》が出《で》たので、きつねの毛《け》なみが銀色《ぎんいろ》に光《ひか》り、その足《あし》あとには、*コバルトのかげがたまりました。

「母《かあ》ちゃん、人間《にんげん》ってちっともこわかないや。」

「どうして?」

*コバルト…あざやかな青色《あおいろ》

「ぼう*、まちがえてほんとうのおてて出《だ》しちゃったの。でもぼうし屋《や》さん、つかまえやしなかったもの。ちゃんとこんないい、あたたかい手《て》ぶくろくれたもの。」

と言《い》って手《て》ぶくろのはまった両手《りょうて》をパンパンやって見《み》せました。お母《かあ》さんぎつねは、「まあ！」とあきれましたが、「ほんとうに人間《にんげん》はいいものかしら。ほんとうに人《にん》間《げん》はいいものかしら。」とつぶやきました。

＊ぼう…自分《じぶん》のこと

むく鳥《どり》のゆめ

作・浜田廣介　絵・鶴田陽子

広《ひろ》い野原《のはら》のまん中《なか》に、たいそう古《ふる》いくりの木《き》が立《た》っていました。木《き》には、*ほらが、できていました。そのほらに、むく鳥《どり》の子《こ》が、父《とう》さん鳥《どり》とすんでいました。

*ほら…木《き》にできたあな

　秋《あき》もくれて、すすきのほが白《しろ》くなると、父《とう》さん鳥《どり》は、そのほをくわえて、巣《す》の中《なか》に持《も》ってきました。ほは、やわらかでありました。からだが、間《ま》もなくほかほかしてきて、わたのふとんにいるのと同《おな》じでありました。それでしたから、冬《ふゆ》が来《き》て、しもがおりても、みぞれがふっても、そんなにこまりはしませんでした。

　けれども、天気《てんき》の悪《わる》い日《ひ》が来《き》て、外《そと》へ出《で》る日《ひ》が少《すく》なくなると、むく鳥《どり》の子《こ》は、ある日《ひ》、自分《じぶん》の母《かあ》さん鳥《どり》に気《き》がつきました。母《かあ》さん鳥《どり》は、この世《よ》にいなくなっていました。けれども、それとは知《し》らないで、遠《とお》いところに出《で》かけていったと、そうばかり思《おも》っていました。父《とう》さん鳥《どり》が、いつか、そう教《おし》えたからでありました。

ある日《ひ》、また、むく鳥《どり》の子《こ》は、たずねました。

「お父《とう》さん、まだ、お母《かあ》さんは、帰《かえ》ってこないの。」

あたたかなすすきのわたにくるまって、父《とう》さん鳥《どり》は、からだをまるめて、じっと目《め》をとじていました。

「え、お父《とう》さん。」

と聞《き》かれたときに、父《とう》さん鳥《どり》は、うすいまぶたをあけました。そして、しずかに言《い》いました。

「ああ、もうちっと、待《ま》っておいで。」

「今《いま》ごろは、海《うみ》の上《うえ》を飛《と》んでいるの。」

そう、むく鳥《どり》の子《こ》が聞《き》くと、

「ああ、そうだよ。」

と、父《とう》さん鳥《どり》は答《こた》えました。

「もう、今《いま》ごろは、山《やま》をこえたの。」

と、しばらくたって、また、聞《き》くと、

「ああ、そうだよ。」

と、父《とう》さん鳥《どり》は答《こた》えました。父《とう》さん鳥《どり》のようすは、なんとも、ものぐさそうに見《み》えました。子《こ》どもの鳥《とり》は、それを見《み》て、もうそのうえに、たずねようとはしませんでした。

けれども、十日《とおか》、二十日《はつか》とたっても、母《かあ》さん鳥《どり》は帰《かえ》ってきません。むく鳥《どり》の子《こ》には、十日《とおか》は、ひと月《つき》よりも、いや、もっと、一年《いちねん》よりも長《なが》いものに思《おも》われました。

さて、ある夜中《よなか》でありました。むく鳥《どり》の子《こ》は、ふと、ぽっかりと目《め》がさめました。かすかな音《おと》が聞《き》こえました。

かさこそ、かさこそ……。

耳《みみ》を向《む》けると、木《き》のほらの口《くち》もとらしく、どうやら羽《はね》のすれあうような音《おと》でした。むく鳥《どり》の子《こ》は、父《とう》さん鳥《どり》をゆすぶり起《お》こして言《い》いました。

「お父《とう》さん、お父《とう》さん。お母《かあ》さんが、帰《かえ》ってきたよ。」

父《とう》さん鳥《どり》は、あわてたように目《め》をあけました。けれども、すぐに気《き》がついて、

「いやいや、ちがう。風《かぜ》の音《おと》だよ。」

そう言《い》って、また、目《め》をとじてしまいました。けれども、子《こ》どものむく鳥《どり》は、どうにもねむられませんでした。こっそりと、ほらの出口《でぐち》に行《い》ってみました。すると、それは、父《とう》さん鳥《どり》の言《い》ったとおりに、冷《つめ》たい風《かぜ》が黄色《きいろ》いかれ葉《は》をふいているのでありました。

「やっぱり、そうかな。」

むく鳥《どり》の子《こ》は、つまらなそうにつぶやきました。ほらのねどこにもどりました。あたたかなねどこの中《なか》は、もう半分《はんぶん》はひえていました。むく鳥《どり》の子《こ》は、父《とう》さん鳥《どり》に、小《ちい》さなからだをすりよせて、足《あし》をちぢめてねむりました。

夜《よ》があけました。朝《あさ》の光《ひかり》が、ほの白《じろ》くさしてきました。でも、木《き》のほらには、ぼんやりと、うすいやみが、こもっていました。むく鳥《どり》の子《こ》は目《め》があくと、ほらの出《で》口《ぐち》に行《い》ってみました。見《み》ると、その木《き》のどの枝《えだ》にも、葉《は》は、もうついていないのに、どうしたことか、たった一《いち》まい、口《くち》もとの一《ひと》つの枝《えだ》についているのでありました。

冬《ふゆ》の日《ひ》は早《はや》くしずんで、暗《くら》い夜《よる》がすぐに来《き》ました。子どもの鳥《とり》は、いつものように、父《とう》さん鳥《どり》のそばにならんでねむりました。すると、夜中《よなか》に、またぽっかりと目《め》がさめました。かすかな音《おと》が、また、その耳《みみ》に聞《き》こえました。

かさこそ、かさこそ……。

かれ葉《は》が、鳴《な》るのでありました。けれども、それは、母《かあ》さん鳥《どり》の羽音《はおと》のように聞《き》きとれました。それから、何《なに》か、母《かあ》さん鳥《どり》が、ささやくようにも思《おも》われました。むく鳥《どり》の子《こ》は、聞《き》いているまに、ただ、*したわしくなってきました。聞《き》けば聞《き》くほど、ただ、なつかしくなってきました。

「なんだって、ああいう音《おと》をたてるのだろう。」

むく鳥《どり》の子《こ》は、ふしぎでたまりませんでした。

*したわしい…こいしい

夜《よ》があけました。風《かぜ》は、その日《ひ》も野原《のはら》の上《うえ》をふいていました。ほらの出口《でぐち》に出《で》てみると、一《いち》まいきりのうすい葉《は》は、今《いま》にも風《かぜ》にもぎとられ、飛《と》ばされそうに見《み》えました。むく鳥《どり》の子《こ》は、急《いそ》いでほらの中《なか》にもどると、巣《す》の中《なか》の毛《け》をぬきとって、ひとすじくわえて、また口《くち》もとに出《で》てきました。毛《け》は、細長《ほそなが》い、馬《うま》の尾《お》の毛《け》でありました。その毛《け》でからめて、むく鳥《どり》の子《こ》は、かれ葉《は》のもとを、枝《えだ》にしっかと、くくりつけ、とれないようにしめつけました。

「こうしておけば。」

と、むく鳥《どり》の子《こ》は思《おも》いました。

「どんなに強《つよ》い風《かぜ》がふいても、だいじょうぶ。」

大《おお》きな風《かぜ》がふいてきて、たった一《いち》まいだけの葉《は》を、どこか、遠《とお》くへ運《はこ》んでいってしまうことかもしれないと、子《こ》どもの鳥《とり》は考《かんが》えたのでありました。ほらにもどると、父《とう》さん鳥《どり》が、聞《き》きました。

「おまえ、何《なに》をしてきたの。」

してきたことを、子《こ》どもの鳥《とり》は答《こた》えました。父《とう》さん鳥《どり》は目《め》をとじて、だまってそれを聞《き》いていました。けれども、みんな聞《き》いてしまうと目《め》をあけて、子《こ》どもの鳥《とり》を見《み》まわしました。首《くび》をまげまげ目《め》を向《む》けて、つくづくと見《み》まわしました。

その夜《よる》のことでありました。むく鳥《どり》の子《こ》は、ゆめを見《み》ました。どこからか、からだの白《しろ》い一《いち》わの鳥《とり》が飛《と》んできて、ほらの中《なか》までちょこちょこと入《はい》ってきました。むく鳥《どり》の子《こ》は、おどろいて、

「ああ、お母《かあ》さん。」

と、よびました。

けれども、白《しろ》いその鳥《とり》は、なんにも言《い》わずに、やさしい二《ふた》つの目《め》を向《む》けて、子《こ》どもの鳥《とり》をながめました。昼《ひる》まなか、父《とう》さん鳥《どり》がながめたようにつくづくと見《み》まわしました。むく鳥《どり》の子《こ》は、羽《はね》を鳴《な》らして飛《と》び立《た》って、白《しろ》いからだにとりすがろうとしましたが、白《しろ》いすがたは、ふっつりと、どこかへ消《き》えてしまいました。それといっしょに、むく鳥《どり》の子《こ》は目《め》がさめました。むく鳥《どり》の子《こ》は、まるい目《め》をして、ほらの中《なか》を見《み》まわしました。深《ふか》いやみが、まだいっぱいに、ほらのねどこをふさいでいました。

あくる朝《あさ》、早《はや》く起《お》きると、むく鳥《どり》の子《こ》は、ほらの出口《でぐち》に出《で》ていきました。すると、かれ葉《は》にうすい雪《ゆき》が粉《こな》のようにかかっていました。それを見《み》て、ゆうべのゆめに来《き》た鳥《とり》は、もしかしたら、この白《しろ》い葉《は》であったのかもしれないと思《おも》いました。むく鳥《どり》の子《こ》は、羽《はね》でたたいて葉《は》の雪《ゆき》をはらい落《お》としてやりました。

でんでん虫《むし》の悲《かな》しみ

作●新美南吉　絵●水上多摩江

一《いっ》ぴきのでんでん虫《むし》がありました。

ある日《ひ》、そのでんでん虫《むし》は、大変《たいへん》なことに気《き》がつきました。

「わたしは今《いま》まで、うっかりしていたけれど、わたしのせなかのからの中《なか》には、悲《かな》しみがいっぱい、つまっているではないか。」

この悲《かな》しみは、どうしたらよいでしょう。

でんでん虫《むし》は、お友《とも》だちのでんでん虫《むし》のところに、やって行《い》きました。

「わたしは、もう、生《い》きていられません。」

と、そのでんでん虫《むし》は、お友《とも》だちに言《い》いました。

「なんですか。」

と、お友《とも》だちのでんでん虫《むし》は聞《き》きました。

「わたしは、なんという、ふしあわせなものでしょう。わたしのせなかのからの中《なか》には、悲《かな》しみがいっぱい、つまっているのです。」

と、はじめのでんでん虫《むし》が、話《はな》しました。

すると、お友《とも》だちのでんでん虫《むし》は言《い》いました。

「あなたばかりではありません。わたしのせなかにも、悲《かな》しみはいっぱいです。」

それじゃしかたがないと思《おも》って、はじめのでんでん虫《むし》は、別《べつ》のお友《とも》だちのところへ行《い》きました。

すると、そのお友《とも》だちも言《い》いました。

「あなたばかりじゃありません。わたしのせなかにも、悲《かな》しみはいっぱいです。」

そこで、はじめのでんでん虫《むし》は、また別《べつ》の、お友《とも》だちのところへ行《い》きました。

こうして、お友《とも》だちをじゅんじゅんにたずねていきましたが、どの友《とも》だちも、同《おな》じことを言《い》うのでありました。

とうとう、はじめのでんでん虫《むし》は、気《き》がつきました。

「悲《かな》しみは、だれでも持《も》っているのだ。わたしばかりではないのだ。わたしは、わたしの悲《かな》しみを、こらえていかなきゃならない。」

そして、このでんでん虫《むし》は、もう、なげくのをやめたのであります。

注《ちゅう》文《もん》の多《おお》い料《りょう》理《り》店《てん》

作●宮澤賢治　絵●篠崎三朗

二人《ふたり》のわかい紳士《しんし》が、すっかりイギリスの兵隊《へいたい》のかたちをして、ぴかぴかする鉄《てっ》ぽうをかついで、白《しろ》くまのような犬《いぬ》を二《に》ひきつれて、だいぶ山《やま》おくの、木《き》の葉《は》のかさかさしたとこを、こんなことを言《い》いながら、歩《ある》いておりました。

「ぜんたい、ここらの山《やま》はけしからんね。鳥《とり》もけものも一《いっ》ぴきもいやがらん。なんでもかまわないから、早《はや》くタンタアーンと、やってみたいもんだなあ。」

「しかの黄色《きいろ》な横《よこ》っぱらなんぞに、二《に》、三発《さんぱつ》お見《み》まいもうしたら、ずいぶんつうかいだろうねえ。くるくるまわって、それからどたっとたおれるだろうねえ。」

それはだいぶの山《やま》おくでした。案内《あんない》してきたせんもんの鉄《てっ》ぽううちも、ちょっとまごついて、どこかへ行《い》ってしまったくらいの山《やま》おくでした。

それに、あんまり山《やま》がものすごいので、その白《しろ》くまのような犬《いぬ》が、二《に》ひきいっしょにめまいを起《お》こして、しばらくうなって、それからあわをはいて死《し》んでしまいました。

「実《じつ》にぼくは、二千四百円《にせんよんひゃくえん》のそんがいだ。」と一人《ひとり》の紳士《しんし》が、その犬《いぬ》のまぶたを、ちょっとかえしてみて言《い》いました。

「ぼくは二千八百円《にせんはっぴゃくえん》のそんがいだ。」と、も一人《ひとり》が、くやしそうに、頭《あたま》をまげて言《い》いました。

はじめの紳士《しんし》は、少《すこ》し顔色《かおいろ》を悪《わる》くして、じっと、も一人《ひとり》の紳士《しんし》の、顔《かお》つきを見《み》ながら言《い》いました。

「ぼくはもうもどろうと思《おも》う。」

「さあ、ぼくもちょうど寒《さむ》くはなったし、はらはすいてきたし、もどろうと思《おも》う。」

「そいじゃ、これで切《き》りあげよう。なあにもどりに、昨日《きのう》の宿屋《やどや》で、山鳥《やまどり》を十円《じゅうえん》も買《か》って帰《かえ》ればいい。」

「うさぎも出《で》ていたねえ。そうすれば結局《けっきょく》おんなじこった。では帰《かえ》ろうじゃないか。」

ところがどうもこまったことは、どっちへ行《い》けばもどれるのか、いっこう見当《けんとう》がつかなくなっていました。

風《かぜ》がどうとふいてきて、草《くさ》はざわざわ、木《き》の葉《は》はかさかさ、木《き》はごとんごとんと鳴《な》りました。

「どうもはらがすいた。さっきから横《よこ》っぱらがいたくてたまらないんだ。」

「ぼくもそうだ。もうあんまり歩《ある》きたくないな。」

「歩《ある》きたくないよ。ああこまったなあ、何《なに》か食《た》べたいなあ。」

「食《た》べたいもんだなあ。」

二人《ふたり》の紳士《しんし》は、ざわざわ鳴《な》るすすきの中《なか》で、こんなことを言《い》いました。

そのときふとうしろを見《み》ますと、りっぱな一《いっ》けんの西洋《せいよう》づくりの家《うち》がありました。

そしてげんかんには

RESTAURANT

西洋料理店《せいようりょうりてん》

WILDCAT HOUSE

山猫軒《やまねこけん》

という札《ふだ》が出《で》ていました。

「君《きみ》、ちょうどいい。ここはこれでなかなか開《ひら》けてるんだ。入《はい》ろうじゃないか。」

「おや、こんなとこにおかしいね。しかしとにかく何《なに》か食事《しょくじ》ができるんだろう。」

「もちろんできるさ。かんばんにそう書《か》いてあるじゃないか。」

「入《はい》ろうじゃないか。ぼくはもう何《なに》か食《た》べたくてたおれそうなんだ。」

二人《ふたり》はげんかんに立《た》ちました。げんかんは白《しろ》い*せとのれんがで組《く》んで、実《じつ》にりっぱなもんです。

そしてガラスの開《ひら》き戸《ど》がたって、そこに金《きん》文《も》字《じ》でこう書《か》いてありました。

「どなたもどうかお入《はい》りください。
けっしてごえんりょはありません。」

二人《ふたり》はそこで、ひどくよろこんで言《い》いました。

「こいつはどうだ、やっぱり世《よ》の中《なか》はうまくできてるねえ、今日《きょう》一日《いちにち》なんぎしたけれど、今度《こんど》はこんないいこともある。
このうちは料《りょう》理《り》店《てん》だけれどもただでごちそうするんだぜ。」

*せと…せともの

「どうもそうらしい。けっしてごえんりょはありませんというのはその意味《いみ》だ。」

二人《ふたり》は戸《と》をおして、中《なか》へ入《はい》りました。そこはすぐろうかになっていました。そのガラス戸《ど》のうら側《がわ》には、金文字《きんもじ》でこうなっていました。

「ことにふとったお方《かた》やわかいお方《かた》は、

大《だい》かんげいいたします。」

二人《ふたり》は大《だい》かんげいというので、もう大《おお》よろこびです。

「君《きみ》、ぼくらは大《だい》かんげいにあたっているのだ。」

「ぼくらは両方《りょうほう》かねてるから。」

ずんずんろうかを進《すす》んでいきますと、今度《こんど》は水色《みずいろ》のペンキぬりの扉《と》がありました。

「どうも変《へん》な家《うち》だ。どうしてこんなにたくさん戸《と》があるのだろう。」

「これはロシア式《しき》だ。寒《さむ》いとこや山《やま》の中《なか》はみんなこうさ。」

そして二人《ふたり》はその扉《と》をあけようとしますと、上《うえ》に黄色《きいろ》な字《じ》でこう書《か》いてありました。

「当軒《とうけん》は注文《ちゅうもん》の多《おお》い料理店《りょうりてん》ですから、どうかそこはごしょうちください。」

「なかなかはやってるんだ。こんな山《やま》の中《なか》で。」

「それあそうだ。見《み》たまえ、東京《とうきょう》の大《おお》きな料理屋《りょうりや》だって大通《おおどお》りには少《すく》ないだろう。」

二人《ふたり》は言《い》いながら、その扉《と》をあけました。するとそのうら側《がわ》に、

「注文《ちゅうもん》はずいぶん多《おお》いでしょうが、どうかいちいちこらえてください。」

「これはぜんたいどういうんだ。」一人《ひとり》の紳士《しんし》は顔《かお》をしかめました。

「うん、これはきっと注文《ちゅうもん》があまり多《おお》くてしたくが手間《てま》どるけれども
ごめんくださいということだ。」

「そうだろう。早《はや》くどこかへやの中《なか》に入《はい》りたいもんだな。」

「そしてテーブルにすわりたいもんだな。」

ところがどうもうるさいことは、また扉《と》が一《ひと》つありました。そしてそのわきに
鏡《かがみ》がかかって、その下《した》には長《なが》いえのついたブラシが置《お》いてあったのです。

扉《と》には赤《あか》い字《じ》で、

「お客《きゃく》さま方《がた》、ここでかみをきちんとして、
それから、はきもののどろを落《お》としてください。」

と書《か》いてありました。

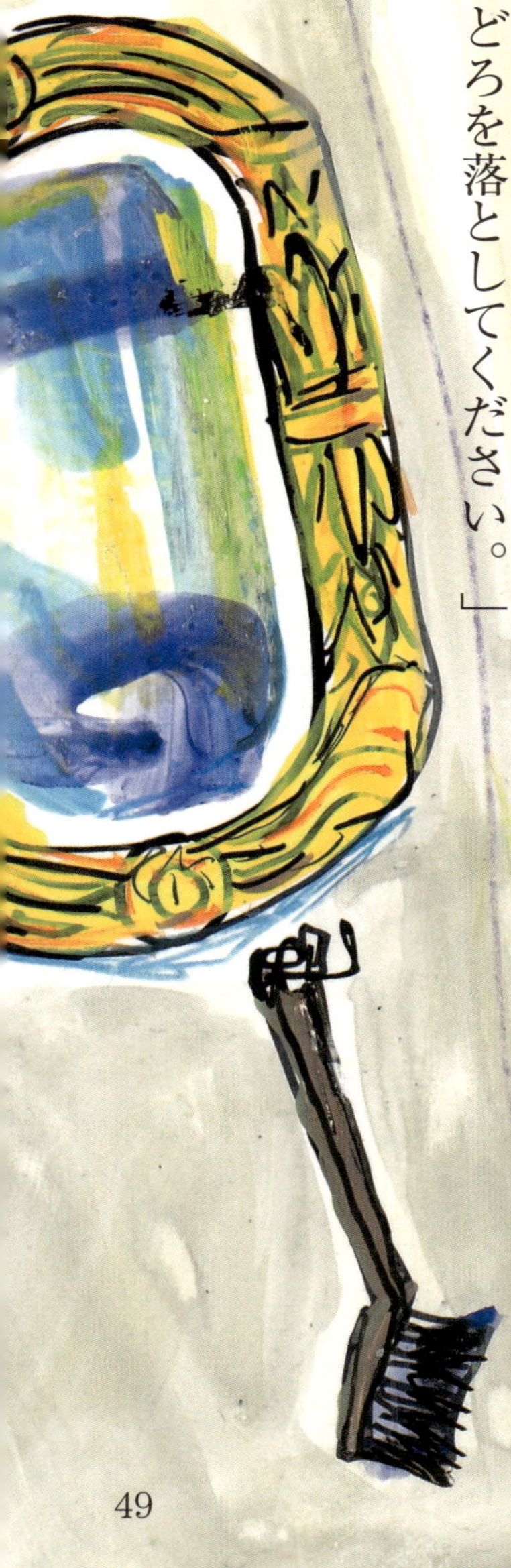

「これはどうももっともだ。ぼくもさっきげんかんで、山《やま》の中《なか》だと思《おも》って見《み》くびったんだよ。」

「作法《さほう》のきびしい家《うち》だ。きっとよほどえらい人《ひと》たちが、たびたび来《く》るんだ。」

そこで二人《ふたり》は、きれいにかみをけずって、くつのどろを落《お》としました。

そしたら、どうです。ブラシを板《いた》の上《うえ》に置《お》くやいなや、そいつがぼうっとかすんでなくなって、風《かぜ》がどうっとへやの中《なか》に入《はい》ってきました。

二人《ふたり》はびっくりして、たがいによりそって、扉《と》をがたんとあけて、次《つぎ》のへやへ入《はい》っていきました。早《はや》く何《なに》かあたたかいものでも食《た》べて、元気《げんき》をつけておかないと、もうとほうもないことになってしまうと、二人《ふたり》とも思《おも》ったのでした。

扉《と》の内側《うちがわ》に、また変《へん》なことが書《か》いてありました。

「鉄《てっ》ぽうとたまをここへ置《お》いてください。」

見《み》るとすぐ横《よこ》に黒《くろ》い台《だい》がありました。

「なるほど、鉄《てっ》ぽうを持《も》ってものを食《く》うという法《ほう》はない。」

「いや、よほどえらい人《ひと》が始終《しじゅう》来《き》ているんだ。」

二人《ふたり》は鉄《てっ》ぽうをはずし、帯皮《おびかわ》をといて、それを台《だい》の上《うえ》に置《お》きました。

また黒《くろ》い扉《と》がありました。

「どうかぼうしと、外《がい》とうと、くつをおとりください。」

「どうだ、とるか。」

「しかたない、とろう。たしかによっぽどえらい人《ひと》なんだ。おくに来《き》ているのは。」

二人《ふたり》はぼうしとオーバコートをくぎにかけ、くつをぬいでぺたぺた歩《ある》いて扉《と》の中《なか》に入《はい》りました。

扉《と》のうら側《がわ》には、

「ネクタイピン、カフスボタン、めがね、さいふ、その他《た》金物類《かなものるい》、ことにとがったものは、みんなここに置《お》いてください。」

と書《か》いてありました。扉《と》のすぐ横《よこ》には黒《くろ》ぬりのりっぱな金庫《きんこ》も、ちゃんと口《くち》をあけて置《お》いてありました。かぎまでそえてあったのです。

「ははあ、何《なに》かの料理《りょうり》に電気《でんき》を使《つか》うとみえるね。金気《かなけ》のものはあぶない。ことにとがったものはあぶないとこう言《い》うんだろう。」

「そうだろう。してみると、かんじょうは帰《かえ》りにここではらうのだろうか。」

「どうもそうらしい。」

「そうだ。きっと。」

二人《ふたり》はめがねをはずしたり、カフスボタンをとったり、みんな金庫《きんこ》の中《なか》に入《い》れて、ぱちんとじょうをかけました。

少《すこ》し行《い》きますとまた扉《と》があって、その前《まえ》にガラスのつぼが一《ひと》つありました。扉《と》にはこう書《か》いてありました。

「つぼの中《なか》のクリームを顔《かお》や手足《てあし》にすっかりぬってください。」

見《み》るとたしかにつぼの中《なか》のものは牛乳《ぎゅうにゅう》のクリームでした。

「クリームをぬれというのはどういうんだ。」

「これはね、外《そと》がひじょうに寒《さむ》いだろう。へやの中《なか》があんまりあたたかいとひびが切《き》れるから、その予防《よぼう》なんだ。どうもおくには、よほどえらい人《ひと》が来《き》ている。こんなとこで、案外《あんがい》ぼくらは、貴族《きぞく》と近《ちか》づきになるかもしれないよ。」

二人《ふたり》はつぼのクリームを、顔《かお》にぬって手《て》にぬってそれからくつ下《した》をぬいで足《あし》にぬりました。それでもまだ残《のこ》っていましたから、それは二人《ふたり》ともめいめいこっそり顔《かお》へぬるふりをしながら食《た》べました。

それから大急《おおいそ》ぎで扉《と》をあけますと、そのうら側《がわ》には、

「クリームをよくぬりましたか、耳《みみ》にもよくぬりましたか、」

と書《か》いてあって、小《ちい》さなクリームのつぼがここにも置《お》いてありました。

「そうそう、ぼくは耳《みみ》にはぬらなかった。あぶなく耳《みみ》にひびを切《き》らすとこだった。ここの主人《しゅじん》は実《じつ》に用意周《よういしゅう》とうだね。」

「ああ、細《こま》かいところまでよく気《き》がつくよ。ところでぼくは早《はや》く何《なに》か食《た》べたいんだが、どうもこうどこまでもろうかじゃしかたないね。」

するとすぐその前《まえ》に次《つぎ》の戸《と》がありました。

「料理《りょうり》はもうすぐできます。
十五分《じゅうごふん》とお待《ま》たせはいたしません。
すぐ食《た》べられます。
早《はや》くあなたの頭《あたま》にびんの中《なか》のこうすいをよくふりかけてください。」

そして戸《と》の前《まえ》には金《きん》ピカのこうすいのびんが置《お》いてありました。
二人《ふたり》はそのこうすいを、頭《あたま》へぱちゃぱちゃふりかけました。

ところがそのこうすいは、どうもすのようなにおいがするのでした。

「このこうすいは変《へん》にすくさい。どうしたんだろう。」

「まちがえたんだ。下女《げじょ》がかぜでもひいてまちがえて入《い》れたんだ。」

二人《ふたり》は扉《と》をあけて中《なか》に入《はい》りました。

扉《と》のうら側《がわ》には、大《おお》きな字《じ》でこう書《か》いてありました。

「いろいろ注文《ちゅうもん》が多《おお》くてうるさかったでしょう。お気《き》の毒《どく》でした。

もうこれだけです。

どうかからだじゅうに、つぼの中《なか》の塩《しお》をたくさん

よくもみこんでください。」

なるほどりっぱな青《あお》いせとの塩《しお》つぼは置《お》いてありましたが、今度《こんど》という今度《こんど》は二人《ふたり》ともぎょっとしておたがいにクリームをたくさんぬった顔《かお》を見《み》あわせました。

「どうもおかしいぜ。」

「ぼくもおかしいと思《おも》う。」

「たくさんの注文《ちゅうもん》というのは、向《む》こうがこっちへ注文《ちゅうもん》してるんだよ。」

「だからさ、西洋料理店《せいようりょうりてん》というのは、ぼくの考《かんが》えるところでは、西洋料理《せいようりょうり》を、来《き》た人《ひと》に食《た》べさせるのではなくて、来《き》た人《ひと》を西洋料理《せいようりょうり》にして、食《た》べてやる家《うち》とこういうことなんだ。これは、その、つ、つ、つ、つまり、ぼ、ぼ、ぼくらが……。」がたがたがたがた、ふるえだしてもうものが言《い》えませんでした。

「その、ぼ、ぼくらが、……うわあ。」がたがたがたがたふるえだして、もうものが言《い》えませんでした。

「にげ……。」がたがたしながら一人《ひとり》の紳士《しんし》はうしろの戸《と》をおそうとしましたが、どうです、戸《と》はもう*一分《いちぶ》も動《うご》きませんでした。

*一分《いちぶ》…およそ三《さん》ミリメートル

おくの方《ほう》にはまだ一《いち》まい扉《と》があって、大《おお》きなかぎあなが二《ふた》つつき、銀色《ぎんいろ》のホークとナイフの形《かたち》が切《き》り出《だ》してあって、

「いや、わざわざご苦労《くろう》です。
たいへんけっこうにできました。
さあさあおなかにお入《はい》りください。」

と書《か》いてありました。おまけにかぎあなからは、きょろきょろ二《ふた》つの青《あお》い目玉《めだま》がこっちをのぞいています。

「うわあ。」がたがたがたがた。

「うわあ。」がたがたがたがた。

二人《ふたり》は泣《な》き出《だ》しました。

すると戸《と》の中《なか》では、こそこそこんなことを言《い》っています。

「だめだよ。もう気《き》がついたよ。塩《しお》をもみこまないようだよ。」

「あたり前《まえ》さ。親分《おやぶん》の書《か》きようがまずいんだ。あすこへ、いろいろ注文《ちゅうもん》が多《おお》くてうるさかったでしょう、お気《き》の毒《どく》でしたなんて、間《ま》ぬけたことを書《か》いたもんだ。」

「どっちでもいいよ。どうせぼくらには、ほねも分《わ》けてくれやしないんだ。」

「それはそうだ。けれども、もしここへあいつらが入《はい》ってこなかったら、それはぼくらのせきにんだぜ。」

「よぼうか、よぼう。おい、お客《きゃく》さん方《がた》、早《はや》くいらっしゃい。いらっしゃい。いらっしゃい。お皿《さら》もあらってありますし、菜《な》っ葉《ぱ》ももうよく塩《しお》でもんでおきました。あとはあなたがたと、菜《な》っ葉《ぱ》をうまくとりあわせて、まっ白《しろ》なお皿《さら》にのせるだけです。早《はや》くいらっしゃい。」

「へい、いらっしゃい、いらっしゃい。それともサラドはおきらいですか。そんならこれから火《ひ》を起《お》こしてフライにしてあげましょうか。とにかく早《はや》くいらっしゃい。」

二人《ふたり》はあんまり心《こころ》をいためたために、顔《かお》がまるでくしゃくしゃの紙《かみ》くずのようになり、おたがいにその顔《かお》を見あわせ、ぶるぶるふるえ、声《こえ》もなく泣《な》きました。

中《なか》ではふっふっと笑《わら》ってまたさけんでいます。

「いらっしゃい、いらっしゃい。そんなに泣《な》いてはせっかくのクリームが流《なが》れるじゃありませんか。へい、ただいま。じき持《も》ってまいります。さあ、早《はや》くいらっしゃい。」

「早《はや》くいらっしゃい。親方《おやかた》がもうナフキンをかけて、ナイフを持《も》って、したなめずりして、お客《きゃく》さま方《がた》を待《ま》っていられます。」

二人《ふたり》は泣《な》いて泣《な》いて泣《な》いて泣《な》いて泣《な》きました。

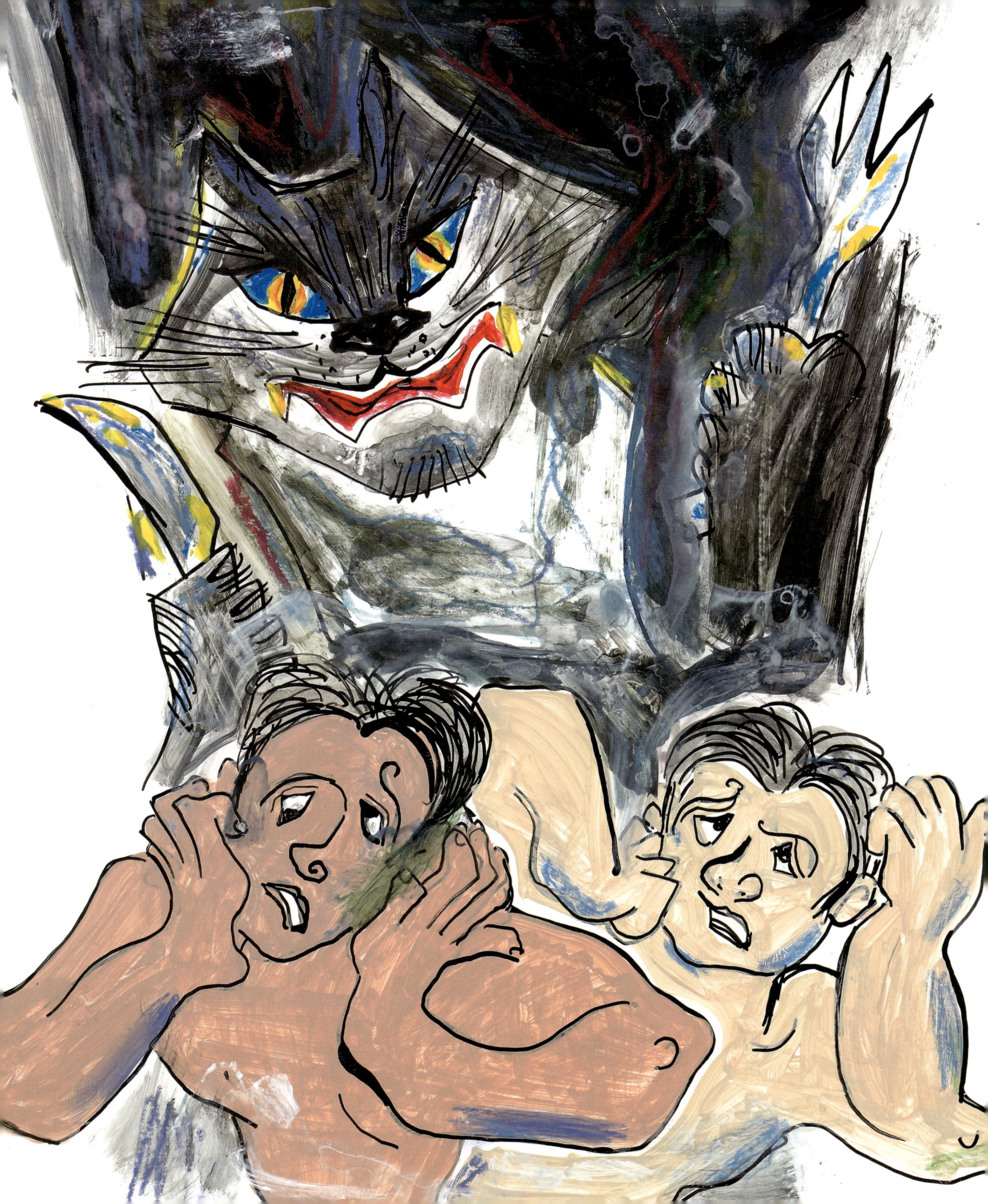

そのときうしろからいきなり、

「わん、わん、ぐわあ。」という声《こえ》がして、あの白《しろ》くまのような犬《いぬ》が二《に》ひき、扉《と》をつきやぶってへやの中《なか》に飛《と》びこんできました。かぎあなの目玉《めだま》はたちまちなくなり、犬《いぬ》どもは、ううとうなって、しばらくへやの中《なか》をくるくるまわっていましたが、またひと声《こえ》
「わん。」と高《たか》くほえて、いきなり次《つぎ》の扉《と》に飛《と》びつきました。戸《と》はがたりと開《ひら》き、犬《いぬ》どもはすいこまれるように飛《と》んでいきました。

その扉《と》の向《む》こうのまっ暗《くら》やみの中《なか》で、

「にゃあお。くわあ、ごろごろ。」という声《こえ》がして、それからがさがさ鳴《な》りました。

へやはけむりのように消《き》え、二人《ふたり》は寒《さむ》さにぶるぶるふるえて、草《くさ》の中《なか》に立《た》っていました。

見《み》ると、上着《うわぎ》やくつやさいふやネクタイピンは、あっちの枝《えだ》にぶらさがったり、こっちの根《ね》もとに散《ち》らばったりしています。風《かぜ》がどうとふいてきて、草《くさ》はざわざわ、木《き》の葉《は》はかさかさ、木《き》はごとんごとんと鳴《な》りました。

犬《いぬ》が、ふうとうなってもどってきました。

そしてうしろからは、

「だんなあ、だんなあ、」とさけぶものがあります。

二人《ふたり》はにわかに元気《げんき》がついて

「おおい、おおい、ここだぞ、早《はや》く来《こ》い。」とさけびました。

みのぼうしをかぶったせんもんのりょうしが、草《くさ》をざわざわ分《わ》けてやって来《き》ました。

そこで二人《ふたり》はやっと安心《あんしん》しました。

そしてりょうしの持《も》ってきただんごを食《た》べ、とちゅうで十円《じゅうえん》だけ山鳥《やまどり》を買《か》って東京《とうきょう》に帰《かえ》りました。

しかし、さっき一《いっ》ぺん紙《かみ》くずのようになった二人《ふたり》の顔《かお》だけは、東京《とうきょう》に帰《かえ》っても、お湯《ゆ》に入《はい》っても、もう元《もと》のとおりになおりませんでした。

野《の》ばら

作●小川未明　絵●たなか鮎子

大《おお》きな国《くに》と、それよりは少《すこ》し小《ちい》さな国《くに》とがとなりあっていました。とうざ、その二《ふた》つの国《くに》の間《あいだ》には、何《なに》ごとも起《お》こらず平和《へいわ》でありました。

ここは都《みやこ》から遠《とお》い、国境《こっきょう》であります。そこには両方《りょうほう》の国《くに》から、ただ一人《ひとり》ずつの兵隊《へいたい》がはけんされて、国境《こっきょう》を定《さだ》めた石碑《せきひ》を守《まも》っていました。大《おお》きな国《くに》の兵士《へいし》は老人《ろうじん》でありました。そうして、小《ちい》さな国《くに》の兵士《へいし》は青年《せいねん》でありました。

二人《ふたり》は、石碑《せきひ》のたっている右《みぎ》と左《ひだり》に番《ばん》をしていました。いたってさびしい山《やま》でありました。そして、まれにしかそのへんを旅《たび》する人《ひと》かげは見《み》られなかったのです。

はじめ、たがいに顔《かお》を知《し》りあわない間《あいだ》は、二人《ふたり》は敵《てき》か味方《みかた》かというような感《かん》じがして、ろくろくものも言《い》いませんでしたけれど、いつしか二人《ふたり》はなかよしになっていました。二人《ふたり》は、ほかに話《はなし》をする相手《あいて》もなくたいくつであったからであります。そして、春《はる》の日《ひ》は長《なが》く、うららかに、頭《あたま》の上《うえ》に照《て》りかがやいているからでありました。

ちょうど、国境《こっきょう》のところには、だれが植《う》えたということもなく、ひと株《かぶ》の野《の》ばらがしげっていました。その花《はな》には、朝早《あさはや》くからみつばちが飛《と》んできて集《あつ》まっていました。そのこころよい羽音《はおと》が、まだ二人《ふたり》のねむっているうちから、ゆめごこちに耳《みみ》に聞《き》こえました。

「どれ、もう起《お》きようか。あんなにみつばちが来《き》ている。」と、二人《ふたり》はもうしあわせたように起《お》きました。そして外《そと》へ出《で》ると、はたして、太陽《たいよう》は木《き》のこずえの上《うえ》に元気《げんき》よくかがやいていました。

二人《ふたり》は、岩間《いわま》からわき出《で》る清水《しみず》で口《くち》をすすぎ、顔《かお》をあらいに参《まい》りますと、顔《かお》を合《あ》わせました。

「やあ、おはよう。いい天気《てんき》でございますな。」

「ほんとうにいい天気《てんき》です。天気《てんき》がいいと、気持《きも》ちがせいせいします。」

二人《ふたり》は、そこでこんな立《た》ち話《ばなし》をしました。たがいに、頭《あたま》を上《あ》げて、あたりの景色《けしき》をながめました。毎日《まいにち》見《み》ている景色《けしき》でも、新《あたら》しい感《かん》じを見《み》るたびに心《こころ》にあたえるものです。

青年《せいねん》は最初《さいしょ》将棋《しょうぎ》のあゆみ方《かた》を知《し》りませんでした。けれど老人《ろうじん》について、それを教《おそ》わりましてから、このごろはのどかな昼《ひる》ごろには、二人《ふたり》は毎日《まいにち》向《む》かいあって将棋《しょうぎ》をさしていました。

はじめのうちは、老人《ろうじん》の方《ほう》がずっと強《つよ》くて、駒《こま》を落《お》としてさしていましたが、しまいにはあたり前《まえ》にさして、老人《ろうじん》が負《ま》かされることもありました。

この青年《せいねん》も、老人《ろうじん》も、いたっていい人々《ひとびと》でありました。二人《ふたり》ともしょうじきで、しんせつでありました。二人《ふたり》は一生《いっしょう》けん命《めい》で、将棋盤《しょうぎばん》の上《うえ》で争《あらそ》っても、心《こころ》はうちとけていました。

「やあ、これはおれの負《ま》けかいな。こうにげつづけでは苦《くる》しくてかなわない。ほんとうの戦争《せんそう》だったら、どんなだかしれん。」と、老人《ろうじん》は言《い》って、大《おお》きな口《くち》をあけて笑《わら》いました。

青年《せいねん》は、また勝《か》ちみがあるのでうれしそうな顔《かお》つきをして、一生《いっしょう》けん命《めい》に目《め》をかがやかしながら、相手《あいて》の王《おう》さまを追《お》っていました。

小鳥《ことり》はこずえの上《うえ》で、おもしろそうに歌《うた》っていました。白《しろ》いばらの花《はな》からは、よいかおりを送《おく》ってきました。

冬《ふゆ》は、やはりその国《くに》にもあったのです。寒《さむ》くなると老人《ろうじん》は、南《みなみ》の方《ほう》をこいしがりました。

その方《ほう》には、せがれや、孫《まご》が住《す》んでいました。

「早《はや》く、ひまをもらって帰《かえ》りたいものだ。」

と、老人《ろうじん》は言《い》いました。

「あなたがお帰《かえ》りになれば、知《し》らぬ人《ひと》がかわりに来《く》るでしょう。やはりしんせつな、やさしい人《ひと》ならいいが、敵《てき》、味方《みかた》というような考《かんが》えを持《も》った人《ひと》だとこまります。どうか、もうしばらくいてください。そのうちには、春《はる》が来《き》ます。」と、青年《せいねん》は言《い》いました。

やがて冬《ふゆ》が去《さ》って、また春《はる》となりました。ちょうどそのころ、この二《ふた》つの国《くに》は、何《なに》かの利益問題《りえきもんだい》から、戦争《せんそう》を始《はじ》めました。そうしますと、これまで毎日《まいにち》、なかむつまじく、くらしていた二人《ふたり》は、敵《てき》、味方《みかた》の間《あいだ》がらになった

のです。それがいかにも、ふしぎなことに思《おも》われました。

「さあ、おまえさんとわたしは今日《きょう》からかたきどうしになったのだ。わたしはこんなに老《お》いぼれていても少佐《しょうさ》だから、わたしの首《くび》を持《も》ってゆけば、あなたは出世《しゅっせ》ができる。だからころしてください。」と、老人《ろうじん》は言《い》いました。

これを聞《き》くと、青年《せいねん》は、あきれた顔《かお》をして、

「何《なに》を言《い》われますか。どうしてわたしとあなたとがかたきどうしでしょう。わたしの敵《てき》は、ほかになければなりません。戦争《せんそう》はずっと北《きた》の方《ほう》で開《ひら》かれています。わたしは、そこへ行《い》って戦《たたか》います。」と、青年《せいねん》は言《い》い残《のこ》して、去《さ》ってしまいました。

国境《こっきょう》には、ただ一人老人《ひとりろうじん》だけが残《のこ》されました。青年《せいねん》のいなくなった日《ひ》から、老人《ろうじん》は、ぼうぜんとして日《ひ》を送《おく》りました。野《の》ばらの花《はな》がさいて、みつばちは、日《ひ》が上《あ》がると、くれるころまでむらがっています。今戦争《いませんそう》は、ずっと遠《とお》くでしているので、たとえ耳《みみ》をすましても、空《そら》をながめても、鉄《てっ》ぽうの音《おと》も聞《き》こえなければ、黒《くろ》いけむりのかげすら見《み》られなかったのであります。老人《ろうじん》は、その日《ひ》から、青年《せいねん》の身《み》の上《うえ》を案《あん》じていました。日《ひ》はこうしてたちました。

ある日《ひ》のこと、そこを旅人《たびびと》が通《とお》りました。老人《ろうじん》は戦争《せんそう》について、どうなったかとたずねました。すると、旅人《たびびと》は、小《ちい》さな国《くに》が負《ま》けて、その国《くに》の兵士《へいし》はみなごろしになって、戦争《せんそう》は終《お》わったということを告《つ》げました。

老人《ろうじん》は、そんなら青年《せいねん》も死《し》んだのではないかと思《おも》いました。そんなことを気《き》にかけながら石碑《せきひ》のいしずえ*にこしをかけて、うつむいていますと、いつか知《し》らず、うとうといねむりをしました。かなたから、大《おお》ぜいの人《ひと》の来《く》るけはいがしました。見《み》ると、一列《いちれつ》の軍隊《ぐんたい》でありました。そして馬《うま》に乗《の》ってそれを指揮《しき》するのは、かの青年《せい ねん》でありました。その軍隊《ぐんたい》はきわめて静《せい》しゅくで声一《こえひと》つたてません。やがて老人《ろうじん》の前《まえ》を通《とお》るときに、青年《せいねん》はもく礼《れい》をして、ばらの花《はな》をかいだのであります。

*いしずえ…土台《どだい》の部分《ぶぶん》

老人《ろうじん》は、何《なに》かものを言《い》おうとすると目《め》がさめました。それはまったくゆめであったのです。それからひと月《つき》ばかりしますと、野《の》ばらがかれてしまいました。その年《とし》の秋《あき》、老人《ろうじん》は南《みなみ》の方《ほう》へひまをもらって帰《かえ》りました。

ごんぎつね

作●新美南吉　絵●立本倫子

一

これは、わたしが小《ちい》さいときに、村《むら》の茂《も》平《へい》というおじいさんから聞《き》いたお話《はなし》です。

むかしは、わたしたちの村《むら》の近《ちか》くの、中《なか》山《やま》というところに小《ちい》さなお城《しろ》があって、中《なか》山《やま》さまというおとのさまが、おられたそうです。

その中山《なかやま》から、少《すこ》しはなれた山《やま》の中《なか》に、「ごんぎつね」というきつねがいました。

ごんは、ひとりぼっちの小《こ》ぎつねで、しだのいっぱいしげった森《もり》の中《なか》にあなをほってすんでいました。そして、夜《よる》でも昼《ひる》でも、あたりの村《むら》へ出《で》てきて、いたずらばかりしました。畑《はたけ》へ入《はい》っていもをほりちらしたり、菜種《なたね》がらの、ほしてあるのへ火《ひ》をつけたり、百姓《ひゃくしょう》家《や》のうらてにつるしてあるとんがらしをむしりとって、いったり、いろんなことをしました。

ある秋《あき》のことでした。二《に》、三日《さんにち》雨《あめ》がふりつづいたその間《あいだ》、ごんは、外《そと》へも出《で》られなくてあなの中《なか》にしゃがんでいました。

雨《あめ》があがると、ごんは、ほっとしてあなからはい出《で》ました。空《そら》はからっと晴《は》れていて、もずの声《こえ》がきんきん、ひびいていました。

ごんは、村《むら》の小川《おがわ》のつつみまで出《で》てきました。あたりの、すすきのほには、まだ雨《あめ》のしずくが光《ひか》っていました。川《かわ》は、いつもは水《みず》が少《すく》ないのですが、三日《みっか》もの雨《あめ》で、水《みず》が、どっと増《ま》していました。ただのときは水《みず》につかることのない、川《かわ》べりのすすきや、はぎの株《かぶ》が、黄色《きいろ》くにごった水《みず》に横《よこ》だおしになって、もまれています。ごんは川下《かわしも》の方《ほう》へと、ぬかるみ道《みち》を歩《ある》いていきました。

ふと見《み》ると、川《かわ》の中《なか》に人《ひと》がいて、何《なに》かやっています。ごんは、見《み》つからないように、そうっと草《くさ》の深《ふか》いところへ歩《ある》きよって、そこからじっとのぞいて見《み》ました。

「兵十《ひょうじゅう》だな。」と、ごんは思《おも》いました。兵十《ひょうじゅう》はぼろぼろの黒《くろ》い着物《きもの》をまくし上《あ》げて、こしのところまで水《みず》にひたりながら、魚《さかな》をとる、はりきりという、あみをゆすぶっていました。はちまきをした顔《かお》の横《よこ》っちょうに、まるいはぎの葉《は》が一《いち》まい、大《おお》きなほくろみたいにへばりついていました。

しばらくすると、兵十《ひょうじゅう》は、はりきりあみのいちばんうしろの、ふくろのよ

うになったところを、水《みず》の中《なか》から持《も》ち上《あ》げました。その中《なか》には、しばの根《ね》や、草《くさ》の葉《は》や、くさった木《き》ぎれなどが、ごちゃごちゃ入《はい》っていましたが、でもところどころ、白《しろ》いものがきらきら光《ひか》っています。それは、太《ふと》いうなぎのはらや、大《おお》きなきすのはらでした。兵十《ひょうじゅう》は、*びくの中《なか》へ、そのうなぎやきすを、ごみといっしょにぶちこみました。そして、また、ふくろの口《くち》をしばって、水《みず》の中《なか》へ入《い》れました。

兵十《ひょうじゅう》はそれから、びくを持《も》って川《かわ》から上《あ》がりびくを土手《どて》に置《お》いといて、何《なに》をさがしにか、川上《かわかみ》の方《ほう》へかけていきました。

*びく……とった魚《さかな》を入《い》れる入《い》れもの

兵十《ひょうじゅう》がいなくなると、ごんは、ぴょいと草《くさ》の中《なか》からとび出《だ》して、びくのそばへかけつけました。ちょいと、いたずらがしたくなったのです。ごんはびくの中《なか》の魚《さかな》をつかみ出《だ》しては、はりきりあみのかかっているところより下手《しもて》の川《かわ》の中《なか》を目《め》がけて、ぽんぽん投《な》げこみました。どの魚《さかな》も、「とぼん」と音《おと》を立《た》てながら、にごった水《みず》の中《なか》へもぐりこみました。

いちばんしまいに、太《ふと》いうなぎをつかみにかかりましたが、何《なに》しろぬるぬるとすべりぬけるので、手《て》ではつかめません。ごんはじれったくなって、頭《あたま》をびくの中《なか》につっこんで、うなぎの頭《あたま》を口《くち》にくわえました。うなぎは、

キュッといって、ごんの首《くび》へまきつきました。そのとたんに兵十《ひょうじゅう》が、向《む》こうから、「うわァぬすとぎつねめ。」と、どなりたてました。ごんは、びっくりしてとび上《あ》がりました。うなぎをふりすててにげようとしましたが、うなぎは、ごんの首《くび》にまきついたままはなれません。ごんはそのまま横《よこ》っとびにとび出《だ》して一生《いっしょう》けん命《めい》に、にげていきました。

ほらあなの近《ちか》くの、はんの木《き》の下《した》でふりかえって見《み》ましたが、兵十《ひょうじゅう》は追《お》っかけてはきませんでした。

ごんは、ほっとして、うなぎの頭《あたま》をかみくだき、やっとはずしてあなの外《そと》の、草《くさ》の葉《は》の上《うえ》にのせておきました。

二

十日《とおか》ほどたって、ごんが、弥助《やすけ》というお百姓《ひゃくしょう》の家《うち》のうらを通《とお》りかかりますと、そこの、いちじくの木《き》のかげで、弥助《やすけ》の家内《かない》が、お歯黒《はぐろ》をつけていました。かじ屋《や》の新兵衛《しんべえ》の家《うち》のうらを通《とお》ると、新兵衛《しんべえ》の家内《かない》が、かみをすいていました。ごんは、

「ふふん、村《むら》に何《なに》かあるんだな。」と、思《おも》いました。

「なんだろう、秋祭《あきまつ》りかな。祭《まつ》りなら、たいこや笛《ふえ》の音《おと》がしそうなものだ。それに第一《だいいち》、お宮《みや》にのぼりが立《た》つはずだが。」

こんなことを考《かんが》えながらやって来《き》ますと、いつの間《ま》にか、表《おもて》に赤《あか》い井戸《いど》のある、兵十《ひょうじゅう》の家《うち》の前《まえ》へ来《き》ました。その小《ちい》さな、こわれかけた家《いえ》の中《なか》には、大《おお》ぜいの人《ひと》が集《あつ》まっていました。よそいきの着物《きもの》を着《き》て、こしに手《て》ぬぐいをさげたりした女《おんな》たちが、表《おもて》のかまどで火《ひ》をたいています。大《おお》きななべの中《なか》では、何《なに》かぐつぐつにえていました。

「ああ、そう式《しき》だ。」と、ごんは思《おも》いました。

「兵十《ひょうじゅう》の家《うち》のだれが死《し》んだんだろう。」

お昼《ひる》がすぎると、ごんは、村《むら》の墓地《ぼち》へ行《い》って、六地蔵《ろくじぞう》さんのかげにかくれていました。いいお天気《てんき》で、遠《とお》く向《む》こうには、お城《しろ》の屋根《やね》がわらが光《ひか》っています。墓地《ぼち》には、ひがん花《ばな》が、赤《あか》いきれのようにさきつづいていました。と、村《むら》の方《ほう》から、カーン、カーンと、かねが鳴《な》ってきました。そう式《しき》の出《で》る合図《あいず》です。

やがて、白《しろ》い着物《きもの》を着《き》たそう列《れつ》のものたちがやって来《く》るのがちらちら見《み》えはじめました。話《はな》し声《ごえ》も近《ちか》くなりました。そう列《れつ》は墓地《ぼち》へ入《はい》ってきました。人々《ひとびと》が通《とお》ったあとには、ひがん花《ばな》が、ふみ折《お》られていました。

ごんはのび上《あ》がって見《み》ました。兵十《ひょうじゅう》が、白《しろ》い*かみしもをつけて、*位《い》はいをささげています。

*かみしも…むかしの人《ひと》が、そう式《しき》などのときに着《き》た服《ふく》

*位《い》はい…なくなった人《ひと》の名前《なまえ》などを書《か》いた札《ふだ》

いつもは、赤《あか》いさつまいもみたいな元気《げんき》のいい顔《かお》が、今日《きょう》はなんだかしおれていました。

「ははん、死《し》んだのは兵十《ひょうじゅう》のおっ母《かあ》だ。」

ごんはそう思《おも》いながら、頭《あたま》を引《ひ》っこめました。

そのばん、ごんは、あなの中《なか》で考《かんが》えました。

「兵十《ひょうじゅう》のおっ母《かあ》は、とこについていて、うなぎが食《た》べたいと言《い》ったにちがいない。それで兵十《ひょうじゅう》がはりきりあみを持《も》ち出《だ》したんだ。ところが、わしがいたずらをして、うなぎをとってきてしまった。だから兵十《ひょうじゅう》は、おっ母《かあ》にうなぎを食《た》べさせることができなかった。そのままおっ母《かあ》は、死《し》んじゃったにちがいない。ああ、うなぎが食《た》べたい、うなぎが食《た》べたいと思《おも》いながら、死《し》んだんだろう。ちょッ、あんないたずらをしなけりゃよかった。」

三

兵十《ひょうじゅう》が、赤《あか》い井戸《いど》のところで、麦《むぎ》をといでいました。

兵十《ひょうじゅう》は今《いま》まで、おっ母《かあ》と二人《ふたり》きりで、まずしいくらしをしていたもので、おっ母《かあ》が死《し》んでしまっては、もうひとりぼっちでした。

「おれと同《おな》じひとりぼっちの兵十《ひょうじゅう》か。」

こちらの物置《ものおき》のうしろから見《み》ていたごんは、そう思《おも》いました。

ごんは物置《ものおき》のそばをはなれて、向《む》こうへ行《い》きかけますと、どこかで、いわしを売《う》る声《こえ》がします。

「いわしの安売《やすう》りだァい。いきのいいいわしだァい。」

ごんは、その、いせいのいい声《こえ》のする方《ほう》へ走《はし》っていきました。と、弥助《やすけ》のおかみさんが、うら戸口《とぐち》から、

「いわしをおくれ。」と言《い》いました。いわし売《う》りは、いわしのかごをつんだ車《くるま》を、道《みち》ばたに置《お》いて、ぴかぴか光《ひか》るいわしを両手《りょうて》でつかんで、弥助《やすけ》の家《うち》の中《なか》へ持《も》って入《はい》りました。ごんはそのすきまに、かごの中《なか》から、五《ご》、六《ろっ》ぴきのいわしをつかみ出《だ》して、もと来《き》た方《ほう》へかけ出《だ》しました。そして、兵十《ひょうじゅう》の家《うち》のうら口《ぐち》から、家《うち》の中《なか》へいわしを投《な》げこんで、あなへ向《む》かってかけもどりました。とちゅうの坂《さか》の上《うえ》でふりかえって見《み》ますと、兵十《ひょうじゅう》がまだ、井戸《いど》のところで麦《むぎ》をといでいるのが小《ちい》さく見《み》えました。

ごんは、うなぎのつぐないに、まず一つ《ひと》、いいことをしたと思《おも》いました。

次《つぎ》の日《ひ》には、ごんは山《やま》でくりをどっさりひろって、それをかかえて、兵十《ひょうじゅう》の家《うち》へ行《い》きました。うら口《ぐち》からのぞいて見《み》ますと、兵十《ひょうじゅう》は、昼飯《ひるめし》を食《た》べかけて、茶《ちゃ》わんを持《も》ったまま、ぼんやりと考《かんが》えこんでいました。変《へん》なことには兵十《ひょうじゅう》のほっぺたに、かすりきずがついています。どうしたんだろうと、ごんが思《おも》っていますと、兵十《ひょうじゅう》がひとりごとを言《い》いました。

「いったいだれが、いわしなんかをおれの家《うち》へほうりこんでいったんだろう。おかげでおれは、ぬすびとと思《おも》われて、いわし屋《や》のやつに、ひどい目《め》にあわされた。」と、ぶつぶつ言《い》っています。

ごんは、これはしまったと思《おも》いました。かわいそうに兵十《ひょうじゅう》は、いわし屋《や》にぶんなぐられて、あんなきずまでつけられたのか。

ごんはこう思《おも》いながら、そっと物置《ものおき》の方《ほう》へまわってその入《い》り口《ぐち》に、くりを置《お》いて帰《かえ》りました。

次《つぎ》の日《ひ》も、その次《つぎ》の日《ひ》もごんは、くりをひろっては、兵十《ひょうじゅう》の家《うち》へ持《も》ってきてやりました。その次《つぎ》の日《ひ》には、くりばかりでなく、まつたけも二《に》、三本《さんぼん》持《も》っていきました。

四

月《つき》のいいばんでした。ごんは、ぶらぶら遊《あそ》びに出《で》かけました。中山《なかやま》さまのお城《しろ》の下《した》を通《とお》って少《すこ》し行《い》くと、細《ほそ》い道《みち》の向《む》こうから、だれか来《く》るようです。話《はな》し声《ごえ》が聞《き》こえます。チンチロリン、チンチロリンと松虫《まつむし》が鳴《な》いています。

ごんは、道《みち》の片《かた》がわにかくれて、じっとしていました。話《はな》し声《ごえ》はだんだん近《ちか》くなりました。それは、兵《ひょう》十《じゅう》と、加助《かすけ》というお百姓《ひゃくしょう》でした。

「そうそう、なあ加助《かすけ》。」と、兵十《ひょうじゅう》が言《い》いました。

「ああん？」

「おれあ、このごろ、とても、ふしぎなことがあるんだ。」

「何《なに》が？」

「おっ母《かあ》が死《し》んでからは、だれだか知《し》らんが、おれにくりやまつたけなんかを、毎日毎日《まいにちまいにち》くれるんだよ。」

「ふうん、だれが？」

「それがわからんのだよ。おれの知《し》らんうちに、置《お》いていくんだ。」

ごんは、二人《ふたり》のあとをつけていきました。

「ほんとかい？」

「ほんとだとも。うそと思《おも》うなら、あした見《み》に来《こ》いよ。そのくりを見せてやるよ。」

「へえ、変《へん》なこともあるもんだなァ。」

それなり、二人《ふたり》はだまって歩《ある》いていきました。

加助《かすけ》がひょいと、うしろを見《み》ました。ごんはびくっとして、小《ちい》さくなって立《た》ちどまりました。加助《かすけ》は、ごんには気《き》がつかないで、そのままさっさと歩《ある》きました。吉兵衛《きちべえ》というお百姓《ひゃくしょう》の家《うち》まで来《く》ると、二人《ふたり》はそこへ入《はい》っていきました。ポンポンポンポンと木魚《もくぎょ》の音《おと》がしています。まどのしょうじにあかりがさしていて、大《おお》きなぼうず頭《あたま》がうつって動《うご》いていました。ごんは、

「おねんぶつがあるんだな。」と思《おも》いながら井《い》戸《ど》のそばにしゃがんでいました。しばらくすると、また三人《さんにん》ほど、人《ひと》がつれだって吉兵衛《きちべえ》の家《うち》へ入《はい》っていきました。お経《きょう》を読《よ》む声《こえ》が聞《き》こえてきました。

五

ごんは、おねんぶつがすむまで、井戸《いど》のそばにしゃがんでいました。兵十《ひょうじゅう》と加助《かすけ》は、またいっしょに帰《かえ》っていきます。ごんは、二人《ふたり》の話《はなし》を聞《き》こうと思《おも》って、ついていきました。兵十《ひょうじゅう》のかげぼうしをふみふみいきました。

お城《しろ》の前《まえ》まで来《き》たとき、加助《かすけ》が言《い》い出《だ》しました。

「さっきの話《はなし》は、きっと、そりゃあ、神《かみ》さまのしわざだぞ。」

「えっ?」と、兵十《ひょうじゅう》はびっくりして、加助《かすけ》の顔《かお》を見《み》ました。

「おれは、あれからずっと考《かんが》えていたが、どうも、それゃ、人間《にんげん》じゃない、神《かみ》さまだ、神《かみ》さまが、おまえがたった一人《ひとり》になったのをあわれに思《おも》わっしゃって、いろんなものをめぐんでくださるんだよ。」

「そうかなあ。」

「そうだとも。だから、毎日神《まいにちかみ》さまにお礼《れい》を言《い》うがいいよ。」

「うん。」

ごんは、へえ、こいつはつまらないなと思《おも》いました。おれが、くりやまつたけを持《も》っていってやるのに、そのおれにはお礼《れい》を言《い》わないで、神《かみ》さまにお礼《れい》を言《い》うんじゃァおれは、引《ひ》きあわないなあ。

六

そのあくる日《ひ》もごんは、くりを持《も》って、兵十《ひょうじゅう》の家《うち》へ出《で》かけました。兵十《ひょうじゅう》は物置《ものおき》で*なわをなっていました。それでごんは家《うち》のうら口《ぐち》から、こっそり中《なか》へ入《はい》りました。

そのとき兵十《ひょうじゅう》は、ふと顔《かお》を上《あ》げました。ときつねが家《うち》の中《なか》へ入《はい》ったではありませんか。こないだうなぎをぬすみやがったあのごんぎつねめが、またいたずらをしに来《き》たな。

「ようし。」

兵十《ひょうじゅう》は、立《た》ち上《あ》がって、納屋《なや》にかけてある火《ひ》なわじゅうをとって、火薬《かやく》をつめました。

*なわをなう…わらなどをよりあわせて、なわをつくる

そして足音《あしおと》をしのばせて近《ちか》よって、今戸口《いまとぐち》を出《で》ようとするごんを、ドンと、うちました。ごんは、ばたりとたおれました。兵十《ひょうじゅう》はかけよってきました。家《うち》の中《なか》を見《み》ると、土間《どま》にくりが、かためて置《お》いてあるのが目《め》につきました。

「おや。」と兵十《ひょうじゅう》は、びっくりしてごんに目《め》を落《お》としました。

「ごん、おまい*だったのか。いつもくりをくれたのは。」

ごんは、ぐったりと目《め》をつぶったまま、うなずきました。

兵十《ひょうじゅう》は、火《ひ》なわじゅうをばたりと、とり落《お》としました。青《あお》いけむりが、まだつつ口《ぐち》から細《ほそ》く出《で》ていました。

*おまい…おまえ

光《ひかり》の星《ほし》

作●浜田廣介　絵●伊藤尚美

天《てん》のかわらのほとりに近《ちか》く、三《みっ》つの星《ほし》が、ならんでいました。三《みっ》つとも、同《おな》じ月《つき》の、同《おな》じ日《ひ》の、同《おな》じ時分《じぶん》に生《う》まれた星《ほし》でありました。しかし、それぞれちがっていました。一《ひと》つの星《ほし》は、赤《あか》でした。一《ひと》つの星《ほし》は、青《あお》でした。三《みっ》つめの星《ほし》は、いちばん小《ちい》さくて、色《いろ》もまるでないような弱《よわ》い光《ひかり》でありました。

日《ひ》がくれかかると、三《みっ》つの星《ほし》は、持《も》ち前《まえ》の場所《ばしょ》にすわって、光《ひか》りだすのでありましたが、そうする前《まえ》に、一《ひと》つだけ、その星《ほし》たちのしなければならない仕事《しごと》がありました。なんでしょうか。あしたの朝《あさ》のごはんの水《みず》を、その前《まえ》の日《ひ》の夕《ゆう》方《がた》に、天《てん》の川《かわ》からくみとることでありました。もしも夜中《よなか》に思《おも》いがけない雨《あめ》がふって、天《てん》のかわらのきれいな水《みず》が、にごるかもしれないからでありました。

ある夕方《ゆうがた》でありました。三《み》つの星《ほし》は、水《みず》をくもうと、手《て》に手《て》に手《て》ごろなおけをかかえて、かわらのきしに出《で》かけました。ちょうど夕日《ゆうひ》がしずんだばかりで、まっ赤《か》な雲《くも》が水《みず》のおもてにうつっていました。三《み》つの星《ほし》は、きしにならんで立《た》ったまま、しばらくは、夕焼《ゆうや》けや、水《みず》にうかんだ雲《くも》のすがたをながめていました。それから、しずかに手《て》おけを入《い》れて、かわらの水《みず》をくみとりました。空《そら》のまっ赤《か》な夕焼《ゆうや》けは、おけの水《みず》にも、うつりました。

「まあ、きれいだわ。」

「ほんとにね。あら、また、雲《くも》がもえだしてよ。」

「ほら。わたしのにも。」

三《み》つの星《ほし》は、こう言《い》って、川《かわ》のほとりをはなれました。めいめいの手《て》おけの中《なか》を、ときどきのぞくようにして、家《いえ》の方《ほう》へ近《ちか》づく間《あいだ》に、夕焼《ゆうや》けは、はしの方《ほう》からさめかかり、それといっしょに、おけの中《なか》から、美《うつく》しい雲《くも》は、うすれていきました。

けれども、雲《くも》が消《き》えるにつれて暗《くら》くなるおけの水《みず》には、だんだんに光《ひかり》を増《ま》してうつるすがたがありました。それぞれの星《ほし》のすがたでありました。かかえているおけをのぞくと、自分《じぶん》の顔《かお》が、一《ひと》つずつうつっているのでありました。赤《あか》い星《ほし》の手《て》おけには、赤《あか》い星《ほし》がうつりました。青《あお》い星《ほし》の手《て》おけには、青《あお》い星《ほし》がうつりました。けれども三《みっ》つ目《め》の星《ほし》は、いつも自分《じぶん》の手《て》おけの中《なか》に光《ひかり》がまるでないような、さびしい顔《かお》をうつしました。

「まあ、ごらん、わたしの顔《かお》を。サファイヤのようね。」

「そう、わたしはルビーそっくりよ。」

二《ふた》つの星《ほし》は、かたをならべてうれしそうに話《はなし》をしながら行《い》きました。けれども、三《みっ》つめの星《ほし》は、二人《ふたり》のあとから、だまってついていきました。

間《ま》もなく、道《みち》の分《わ》かれるところに、一本《いっぽん》の古《ふる》い木《き》が立《た》っていました。そこからは家《いえ》も間近《まぢか》でありましたが、そこまで来《く》ると、ふと、木《き》の根《ね》もとに、何《なに》か、いました。かさこそとうごめくものでありました。すかしてみると、夕《ゆう》やみの中《なか》にまぎれて、いちだんと黒《くろ》いかたちが見《み》えました。二《ふた》つの星《ほし》は立《た》ちどまりました。三《みっ》つめの星《ほし》もあゆみをとめました。

「あら、かささぎよ。こんなところに。」

「どうしたのかしら。」

赤《あか》と青《あお》との二《ふた》つの星《ほし》は、手《て》おけをむねにかかえたままで、首《くび》をのばしてのぞいてみました。かささぎは、横《よこ》にたおれて、目《め》をとじ、足《あし》をちぢめていました。

よく見《み》ると、からだじゅうが、きたないどろにまみれていました。

「まあ、どろだらけよ。」

「どこを歩《ある》いてきたのかしら。」

かささぎは生《い》きていました。重《おも》いつばさを地面《じめん》につけて、ぴくぴくと二本《にほん》の足《あし》を動《うご》かしました。

「かわいそうでも。」

「しかたがないわ。」

二《ふた》つの星《ほし》は、そう言《い》いました。三《みっ》つめの星《ほし》は、そばから、だまって鳥《とり》を見《み》ていましたが、二人《ふたり》の星《ほし》に言《い》いました。

「わたし、あらってあげますわ。」

「でも、それは、あしたの水《みず》ではありませんか。」

と、赤《あか》い星《ほし》が、言《い》いました。

「そうよ、よしておきなさい。どろは、そのうち、かわくじゃないの。」

と、青《あお》い星《ほし》が、言《い》いました。

けれども三《みっ》つめの星《ほし》は、そのかささぎに近《ちか》づいて、手《て》おけを下《した》に置《お》きました。

「こんなによごれているでしょう。これじゃ、どんなに飛《と》びたくっても、飛《と》べないわ。」

ひとすくい、水《みず》をすくって、かささぎの顔《かお》のところにかけました。赤《あか》と青《あお》との星《ほし》はだまって、顔《かお》と顔《かお》とを見《み》あわせました。そこらは、暗《くら》くなっていました。星《ほし》の光《ひかり》は、いっそう、明《あか》るくなっていました。それに気《き》づくと、いっときも早《はや》く帰《かえ》って、自分《じぶん》の場所《ばしょ》にすわりたい、そして、だれにも負《ま》けないように光《ひか》りたいと、青《あお》い星《ほし》は思《おも》いました。赤《あか》い星《ほし》とて、同《おな》じ思《おも》いでありました。

「じゃ、先《さき》に行《い》きましょうか。」

と、青《あお》い星《ほし》が、言《い》いました。

「そうしましょうよ。それじゃ、お先《さき》に。」

赤《あか》い星《ほし》は、そう言《い》って、青《あお》い星《ほし》とならんで行《い》ってしまいました。

三《みっ》つめの星《ほし》だけ、そこに残《のこ》りました。

「まあ、こんなところまで、どろが、いっぱい。」

ひとりごととして、かささぎのまぶち*のどろを、指先《ゆびさき》で軽《かる》くなでなで、しずかにあらってやりました。かささぎは、元気《げんき》づいたか、からだを起《お》こして、目《め》をぱっちりとあけました。すると、目《め》のひとみのおくから、ちらちらと金《きん》の光《ひかり》がさしてきました。三《みっ》つめの星《ほし》はたいそうおどろいて、じっと見《み》つめて立《た》っていました。だんだんに光《ひかり》は強《つよ》くまぶしいくらいになりました。かささぎは羽《はね》を鳴《な》らして、飛《と》んでいくかまえをしました。ひと声高《こえたか》く鳴《な》きました。何《なに》か意味《いみ》がありそうな、その鳴《な》き方《かた》でありました。

「さようなら、かささぎさん、お気《き》をつけて飛《と》んでおいで。」

＊まぶち…目《め》のふち

星《ほし》は、そばからやさしく声《こえ》をかけました。かささぎは、目《め》から光《ひかり》を出《だ》しながら飛《と》んでいってしまいました。もう、とっぷりと日《ひ》はくれてしまっていました。けれども、星《ほし》は、もう一度《いちど》、川《かわ》から水《みず》をくんでこなくてはなりません。からの手《て》おけを手《て》にさげて、道《みち》を急《いそ》いで、天《てん》のかわらのふちに来《き》ました。

広《ひろ》い広《ひろ》い川《かわ》べりには、もうだれ一人《ひとり》、水《みず》をくもうとしているものはいませんでした。ひっそりとあたりはしずまりかえっていました。星《ほし》は、暗《くら》い足《あし》もとに気《き》をつけながら、うでをのばして、手《て》おけの中《なか》にたっぷりと川《かわ》の水《みず》をくみ入《い》れました。そうして足《あし》を急《いそ》がせました。暗《くら》い道《みち》でも、その道《みち》は毎日《まいにち》かよいなれていました。つまずくこともありません。しばらく来《き》たと思《おも》うころに、ふと、気《き》がつくと、手《て》おけの中《なか》に金色《きんいろ》の星《ほし》がうつって、ぴかぴかとゆれていました。

「あら、まあ。」

　われをわすれて、星《ほし》はそこらに聞《き》こえるような高《たか》い声《こえ》を出《だ》しました。その場《ば》に足《あし》をとめました。目先《めさき》を空《そら》に向《む》けました。どこにそんなりっぱな星《ほし》が出《で》ているのかと、ふしぎにしながらさがしてみました。けれども、見《み》あたりませんでした。見《み》あたるはずはありません。その星《ほし》が自《じ》分自身《ぶんじしん》でありました。金色《きんいろ》のみごとな星《ほし》の光《ひかり》こそ、三《みっ》つめの星《ほし》の光《ひかり》でありました。そうして、それは、顔《かお》や、すがたの光《ひかり》ではなく、やさしい心《こころ》のとうとい光《ひかり》でありました。

　日《ひ》のくれ方《がた》に空《そら》をよくごらんください。たくさんな星《ほし》の間《あいだ》に、その星《ほし》も、きっと、光《ひか》っていましょうから。

セロひきのゴーシュ

作●宮澤賢治　絵●みやもとただお

ゴーシュは町《まち》の*活動写真館《かつどうしゃしんかん》でセロをひく係《かか》りでした。けれどもあんまり上手《じょうず》でないというひょうばんでした。上手《じょうず》でないどころではなく実《じつ》は、なかまの楽《がく》手《しゅ》の中《なか》ではいちばん下手《へた》でしたから、いつでも楽長《がくちょう》にいじめられるのでした。

昼《ひる》すぎ、みんなは楽屋《がくや》にまるくならんで今度《こんど》の町《まち》の音楽会《おんがくかい》へ出《だ》す第六交響曲《だいろくこうきょうきょく》の練習《れんしゅう》をしていました。

トランペットは一生《いっしょう》けん命《めい》歌《うた》っています。

ヴァイオリンも二《ふた》いろ風《かぜ》のように鳴《な》っています。

クラリネットもボーボーとそれに手伝《てつだ》っています。

*活動写真館《かつどうしゃしんかん》…映画館《えいがかん》

ゴーシュも口《くち》をりんと結《むす》んで目《め》を皿《さら》のようにして楽譜《がくふ》を見《み》つめながら、もう一心《いっしん》にひいています。

にわかにぱたっと楽長《がくちょう》が両手《りょうて》を鳴《な》らしました。みんなぴたりと曲《きょく》をやめてしんとしました。楽長《がくちょう》がどなりました。

「セロがおくれた。トォテテ　テテテイ、ここからやり直《なお》し。はいっ。」

みんなは今《いま》のところの少《すこ》し前《まえ》のところからやり直《なお》しました。ゴーシュは顔《かお》をまっ赤《か》にしてひたいにあせを出《だ》しながら、やっと今言《いまい》われたところを通《とお》りました。ほっと安心《あんしん》しながら、つづけてひいていますと楽長《がくちょう》がまた手《て》をぱっとうちました。

「セロっ。糸《いと》が合《あ》わない。こまるなあ。ぼくは君《きみ》にドレミファを教《おし》えてまでいるひまはないんだがなあ。」

みんなは気《き》の毒《どく》そうにしてわざと自分《じぶん》の譜《ふ》をのぞきこんだり自分《じぶん》の楽器《がっき》をはじいてみたりしています。ゴーシュはあわてて糸《いと》を直《なお》しました。これは実《じつ》はゴーシュも悪《わる》いのですがセロもずいぶん悪《わる》いのでした。

「今《いま》の前《まえ》の小節《しょうせつ》から。はいっ。」

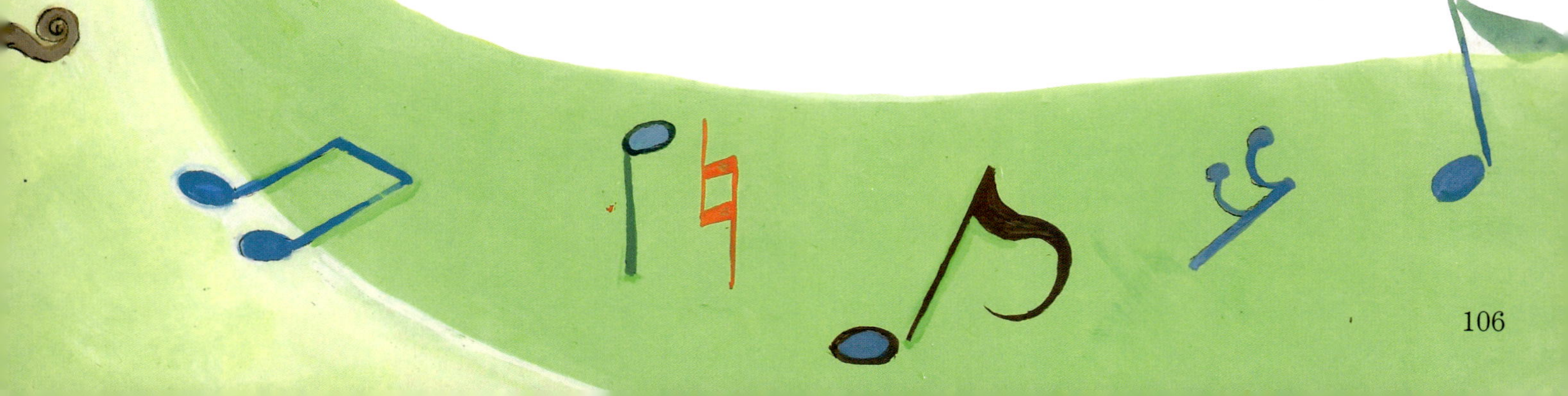

みんなはまた始《はじ》めました。ゴーシュも口《くち》をまげて一生《いっしょう》けん命《めい》です。そして今《こん》度《ど》はかなり進《すす》みました。いいあんばいだと思《おも》っていると楽長《がくちょう》がおどすような形《かたち》をして、またぱたっと手《て》をうちました。またかとゴーシュはどきっとしましたが、ありがたいことには今度《こんど》は別《べつ》の人《ひと》でした。ゴーシュはそこでさっき自分《じぶん》のときみんながしたように、わざと自分《じぶん》の譜《ふ》へ目《め》を近《ちか》づけて何《なに》か考《かんが》えるふりをしていました。

「ではすぐ今《いま》の次《つぎ》。はいっ。」

そらと思《おも》ってひき出《だ》したかと思《おも》うと、いきなり楽長《がくちょう》が足《あし》をどんとふんでどなりだしました。

「だめだ。まるでなっていない。このへんは曲《きょく》の心臓《しんぞう》なんだ。それがこんながさがさしたことで。諸君《しょくん》。えんそうまでもうあと十日《とおか》しかないんだよ。音楽《おんがく》をせんもんにやっているぼくらが、あの金《かな》ぐつかじだのさとう屋《や》のでっちなんかのより集《あつ》まりに負《ま》けてしまったら、いったいわれわれの面目《めんぼく》はどうなるんだ。おいゴーシュ君《くん》。君《きみ》にはこまるんだがなあ。表情《ひょうじょう》ということが、まるでできてない。おこるもよろこぶも感情《かんじょう》というものが、さっぱり出《で》ないんだ。それにどうしてもぴたっとほかの楽器《がっき》と合《あ》わないもなあ。いつでも君《きみ》だけ、とけたくつのひもを引《ひ》きずってみんなのあとをついて歩《ある》くようなんだ、こまるよ、しっかりしてくれないとねえ。光輝《こうき》あるわが金星音楽団《きんせいおんがくだん》が君一人《きみひとり》のために悪評《あくひょう》をとるようなことでは、みんなへもまったく気《き》の毒《どく》だからな。では今日《きょう》は練習《れんしゅう》はここまで、休《やす》んで六時《ろくじ》にはかっきりボックス*へ入《はい》ってくれたまえ。」

　みんなはおじぎをして、それからたばこをくわえてマッチをすったり、どこかへ出《で》ていったりしました。ゴーシュは、そのそまつな箱《はこ》みたいなセロをかか

＊ボックス…劇場《げきじょう》などの中《なか》の、音楽団《おんがくだん》がえんそうをする場所《ばしょ》

えて、かべの方《ほう》へ向《む》いて口《くち》をまげてぼろぼろなみだをこぼしましたが、気《き》をとり直《なお》して自分《じぶん》だけたった一人《ひとり》、今《いま》やったところをはじめからしずかに、も一度《いちど》ひきはじめました。

そのばんおそくゴーシュは何《なに》か大《おお》きな黒《くろ》いものをしょって自分《じぶん》の家《うち》へ帰《かえ》ってきました。家《うち》といってもそれは町《まち》はずれの川《かわ》ばたにあるこわれた水車小屋《すいしゃごや》で、ゴーシュはそこにたった一人《ひとり》で住《す》んでいて午前《ごぜん》は小屋《こや》のまわりの小《ちい》さな畑《はたけ》でトマトの枝《えだ》を切《き》ったり*キャベジの虫《むし》をひろったりして、昼《ひる》すぎになるといつも出《で》ていっていたのです。ゴーシュがうちへ入《はい》ってあかりをつけると、さっきの黒《くろ》い包《つつ》みをあけました。それはなんでもない、あの夕方《ゆうがた》のごつごつしたセロでした。ゴーシュはそれをゆかの上《うえ》にそっと置《お》くと、いきなりたなからコップをとってバケツの水《みず》をごくごく飲《の》みました。

それから頭《あたま》を一《ひと》つふっていすへかけると、まるでとらみたいないきおいで昼《ひる》の譜《ふ》をひきはじめました。譜《ふ》をめくりながら、ひいては考《かんが》え、考《かんが》えてはひき、一生《いっしょう》けん命《めい》しまいまでいくと、またはじめからなんべんもなんべんも、ごうごうごうごうひきつづけました。

*キャベジ…キャベツ

夜中《よなか》もとうにすぎて、しまいはもう自分《じぶん》がひいているのかもわからないようになって顔《かお》もまっ赤《か》になり目《め》もまるで血走《ちばし》って、とてもものすごい顔《かお》つきになり今《いま》にもたおれるかと思《おも》うように見《み》えました。

そのとき、だれかうしろの扉《とびら》をとんとんとたたくものがありました。

「ホーシュ君《くん》か。」ゴーシュはねぼけたようにさけびました。ところがすうと扉《とびら》をおして入《はい》ってきたのは、今《いま》まで五《ご》、六《ろっ》ぺん見《み》たことのある大《おお》きな三毛《みけ》ねこでした。

ゴーシュの畑《はたけ》からとった半分《はんぶん》じゅくしたトマトをさも重《おも》そうに持《も》ってきてゴーシュの前《まえ》におろして言《い》いました。

「ああくたびれた。なかなか運《うん》ぱんはひどいやな。」

「なんだと。」ゴーシュが聞《き》きました。

「これおみや*です。食《た》べてください。」三毛《み》《け》ねこが言《い》いました。

ゴーシュは昼《ひる》からのむしゃくしゃをいっぺんにどなりつけました。

「だれがきさまにトマトなど持《も》ってこいと言《い》った。第一《だいいち》おれがきさまらの持《も》ってきたものなど食《く》うか。それからそのトマトだっておれの畑《はたけ》のやつだ。なんだ。赤《あか》くもならないやつをむしって。今《いま》までもトマトのくきをかじったりけちらしたりしたのはおまえだろう。行《い》ってしまえ。ねこめ。」

するとねこはかたをまるくして目《め》をすぼめてはいましたが口《くち》のあたりでにゃにゃ笑《わら》って言《い》いました。

*おみや…おみやげ

「先生《せんせい》、そうおこりになっちゃ、おからだにさわります。それよりシューマンのトロメライをひいてごらんなさい。聞《き》いてあげますから。」

「生意気《なまいき》なことを言《い》うな。ねこのくせに。」

セロひきはしゃくにさわって、このねこのやつどうしてくれようとしばらく考《かんが》えました。

「いやごえんりょはありません。どうぞ。わたしはどうも先生《せんせい》の音楽《おんがく》を聞《き》かないとねむられないんです。」

「生意気《なまいき》だ。生意気《なまいき》だ。生意気《なまいき》だ。」

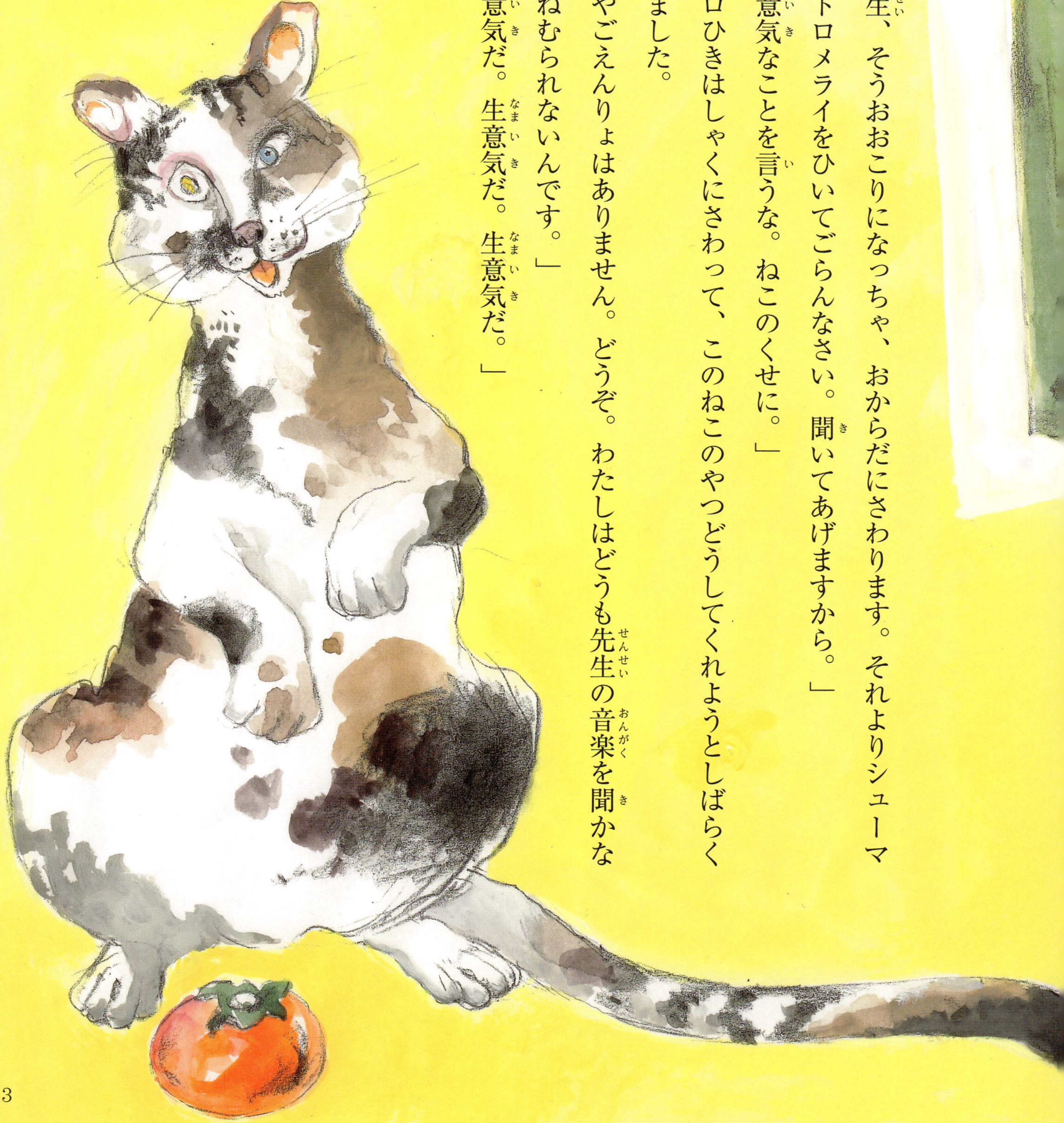

ゴーシュはすっかりまっ赤《か》になって昼間楽長《ひるまがくちょう》のしたように足《あし》ぶみしてどなりましたが、にわかに気《き》を変《か》えて言《い》いました。

「ではひくよ。」

ゴーシュはなんと思《おも》ったか扉《とびら》にかぎをかって、窓《まど》もみんなしめてしまい、それからセロをとり出《だ》してあかしを消《け》しました。すると外《そと》から二十日《はつか》すぎの月《つき》の光《ひかり》がへやの中《なか》へ半分《はんぶん》ほど入《はい》ってきました。

「何《なに》をひけと。」

「トロメライ、ロマチックシューマン作曲《さっきょく》。」ねこは口《くち》をふいて、すまして言《い》いました。

「そうか。トロメライというのはこういうのか。」

セロひきはなんと思《おも》ったか、まずはんけちを引《ひ》きさいて自分《じぶん》の耳《みみ》のあなへぎっしりつめました。それからまるであらしのようないきおいで「インドのとらがり」という譜《ふ》をひきはじめました。

するとねこはしばらく首《くび》をまげて聞《き》いていましたがいきなりパチパチパチッと目《め》をしたかと思《おも》うとぱっと扉《とびら》の方《ほう》へ飛《と》びのきました。そしていきなりどんと扉《とびら》へからだをぶっつけましたが扉《とびら》はあきませんでした。ねこは、さあこれはもう一生一代《いっしょういちだい》の失敗《しっぱい》をしたというふうにあわてだして目《め》やひたいからぱちぱち火花《ひばな》を出《だ》しました。すると今度《こんど》は口《くち》のひげからも鼻《はな》からも出《で》ましたから、ねこはくすぐったがってしばらくくしゃみをするような顔《かお》をして、それからまた、さあこうしてはいられないぞというように*はせ歩《ある》きだしました。ゴーシュはすっかりおもしろくなって、ますますいきおいよくやりだしました。

「先生《せんせい》もうたくさんです。たくさんですよ。ご生《しょう》ですからやめてください。これからもう先生《せんせい》の*タクトなんかとりませんから。」

「だまれ。これからとらをつかまえるところだ。」

*はせ歩《ある》く…走《はし》りまわる

*タクトをとる…指揮《しき》をする

ねこはくるしがって、はね上《あ》がってまわったり、かべにからだをくっつけたりしましたが、かべについたあとはしばらく青《あお》く光《ひか》るのでした。しまいはねこは、まるで風車《かざぐるま》のようにぐるぐるぐるぐるゴーシュをまわりました。

ゴーシュも少《すこ》しぐるぐるしてきましたので、

「さあこれでゆるしてやるぞ。」と言《い》いながらようようやめました。

するとねこもけろりとして、

「先生《せんせい》、今夜《こんや》のえんそうはどうかしてますね。」と言《い》いました。

セロひきはまたぐっとしゃくにさわりましたが何気《なにげ》ないふうで巻《ま》きたばこを一本《いっぽん》出《だ》して口《くち》にくわい、それからマッチを一本《いっぽん》とって、

「どうだい。ぐあいを悪《わる》くしないかい。したを出《だ》してごらん。」

ねこはばかにしたように、とがった長《なが》いしたをベロリと出《だ》しました。

「ははあ、少《すこ》しあれたね。」セロひきは言《い》いながら、いきなりマッチをしたでシュッとすって自分《じぶん》のたばこへつけました。さあねこはおどろいたのなんの、したを風車《かざぐるま》のようにふりまわしながら入《い》り口《ぐち》の扉《とびら》へ行《い》って頭《あたま》でどんとぶっつかってはよろよろとして、またもどってきてどんとぶっつかってはよろよろ、ま

たもどってきてまたぶっつかってはよろよろ、にげ道《みち》をこさえようとしました。

ゴーシュはしばらくおもしろそうに見《み》ていましたが、

「出《だ》してやるよ。もう来《く》るなよ。ばか。」

セロひきは扉《とびら》をあけてねこが風《かぜ》のようにかや*の中《なか》を走《はし》っていくのを見《み》てちょっと笑《わら》いました。それから、やっとせいせいしたというようにぐっすりねむりました。

*かや…せの高《たか》い草《くさ》

次《つぎ》のばんもゴーシュがまた黒《くろ》いセロの包《つつ》みをかついで帰《かえ》ってきました。そして水《みず》をごくごく飲《の》むと、そっくりゆうべのとおり、ぐんぐんセロをひきはじめました。十二時《じゅうにじ》は間《ま》もなくすぎ一時《いちじ》もすぎ二時《にじ》もすぎてもゴーシュはまだやめませんでした。それから、もうなん時《じ》だかもわからず、ひいているかもわからず、ごうごうやっていますと、だれか屋根《やね》うらをこっこっとたたくものがあります。

「ねこ、まだこりないのか。」

ゴーシュがさけびますといきなり天《てん》じょうのあなからぽろんと音《おと》がして一《いっ》ぴきのはい色《いろ》の鳥《とり》がおりてきました。ゆかへとまったのを見《み》るとそれはかっこうでした。

「鳥《とり》まで来《く》るなんて。なんの用《よう》だ。」ゴーシュ

が言《い》いました。

「音楽《おんがく》を教《おそ》わりたいのです。」

かっこう鳥《どり》はすまして言《い》いました。

ゴーシュは笑《わら》って、

「音楽《おんがく》だと。おまえの歌《うた》は、かっこう、かっこうというだけじゃあないか。」

するとかっこうが、たいへんまじめに、

「ええ、それなんです。けれどもむずかしいですからねえ。」と言《い》いました。

「むずかしいもんか。おまえたちのはたくさん鳴《な》くのがひどいだけで、鳴《な》きようはなんでもないじゃないか。」

「ところがそれがひどいんです。たとえばかっこうとこう鳴《な》くのと、かっこうとこう鳴《な》くのとでは、聞《き》いていてもよほどちがうでしょう。」

「ちがわないね。」

「ではあなたにはわからないんです。わたしらのなかまなら、かっこうと一万《いちまん》言《い》えば一万《いちまん》みんなちがうんです。」

「勝手《かって》だよ。そんなにわかってるなら何《なに》もおれのところへ来《こ》なくてもいいではないか。」

「ところがわたしはドレミファを正確《せいかく》にやりたいんです。」

「ドレミファもくそもあるか。」

「ええ、外国《がいこく》へ行《い》く前《まえ》にぜひ一度《いちど》いるんです。」

「外国《がいこく》もくそもあるか。」

「先生《せんせい》どうかドレミファを教《おし》えてください。わたしはついて歌《うた》いますから。」

「うるさいなあ。そら三《さん》べんだけひいてやるから、すんだらさっさと帰《かえ》るんだぞ。」

ゴーシュはセロをとり上《あ》げてボロンボロンと糸《いと》を合《あ》わせてドレミファソラシドとひきました。するとかっこうはあわてて羽《はね》をばたばたしました。

「ちがいます、ちがいます。そんなんでないんです。」
「うるさいなあ。ではおまえやってごらん。」
「こうですよ。」かっこうは、からだを前《まえ》にまげてしばらくかまえてから
「かっこう」と一《ひと》つ鳴《な》きました。
「なんだい。それがドレミファかい。おまえたちには、それではドレミファも
第六交響楽《だいろくこうきょうがく》も同《おな》じなんだな。」
「それはちがいます。」
「どうちがうんだ。」
「むずかしいのは、これをたくさんつづけたのがあるんです。」
「つまりこうだろう。」セロひきはまたセロをとって、かっこうかっこうかっ
こうかっこうかっこうとつづけてひきました。
　するとかっこうはたいへんよろこんで、とちゅうからかっこうかっこうかっ
こうかっこうとついてさけびました。それももう一生《いっしょう》けん命《めい》からだをまげて、
いつまでもさけぶのです。

ゴーシュはとうとう手《て》がいたくなって、

「こら、いいかげんにしないか。」と言《い》いながらやめました。するとかっこうは残《ざん》念《ねん》そうに目《め》をつり上《あ》げてまだしばらく鳴《な》いていましたが、やっと、

「……かっこうかくうかっかっかっかっか」と言《い》ってやめました。

ゴーシュがすっかりおこってしまって、

「こら鳥《とり》、もう用《よう》がすんだら帰《かえ》れ。」と言《い》いました。

「どうかもう一《いっ》ぺんひいてください。あなたのはいいようだけれども少《すこ》しちがうんです。」

「なんだと、おれがきさまに教《おそ》わってるんではないんだぞ。帰《かえ》らんか。」

「どうかたったもう一《いっ》ぺんおねがいです。どうか。」かっこうは頭《あたま》をなんべんもこんこん下《さ》げました。

「ではこれっきりだよ。」

ゴーシュは弓《ゆみ》をかまえました。かっこうは「くっ」と一《ひと》つ息《いき》をして、

「ではなるべく長《なが》くおねがいいたします。」と言《い》って、また一《ひと》つおじぎをしました。

「いやになっちまうなあ。」ゴーシュは、にが笑《わら》いしながらひきはじめました。す

るとかっこうは、またまるで本気《ほんき》になって「かっこうかっこうかっこう」とからだをまげて実《じつ》に一生《いっしょう》けん命《めい》さけびました。ゴーシュは、はじめはむしゃくしゃしていましたが、いつまでもつづけてひいているうちにふっと、なんだかこれは鳥《とり》の方《ほう》がほんとうのドレミファにはまっているかなという気《き》がしてきました。どうも、ひけばひくほどかっこうの方《ほう》がいいような気《き》がするのでした。

「えい、こんなばかなことしていたら、おれは鳥《とり》になってしまうんじゃないか。」

とゴーシュはいきなりぴたりとセロをやめました。

するとかっこうは、どしんと頭《あたま》をたたかれたようにふらふらっとして、それからまたさっきのように、

「かっこうかっこうかっかっかっかっかっ」と言《い》ってやめました。それから、うらめしそうにゴーシュを見《み》て、

「なぜやめたんですか。ぼくらなら、どんな意気地《いくじ》ないやつでも、のどから血《ち》が出《で》るまではさけぶんですよ。」と言《い》いました。

「何《なに》を生意気《なまいき》な。こんなばかなまねをいつまでしていられるか。もう出《で》ていけ。見《み》ろ。夜《よ》があけるんじゃないか。」ゴーシュは窓《まど》を指《ゆび》さしました。

東《ひがし》の空《そら》がぼうっと銀色《ぎんいろ》になって、そこをまっ黒《くろ》な雲《くも》が北《きた》の方《ほう》へどんどん走《はし》っています。

「では、おひさまの出《で》るまでどうぞ。もう一《いっ》ぺん。ちょっとですから。」

かっこうは、また頭《あたま》を下《さ》げました。

「だまれっ。いい気《き》になって。このばか鳥《どり》め。出《で》ていかんと、むしって朝飯《あさめし》に食《く》ってしまうぞ。」ゴーシュはどんとゆかをふみました。

するとかっこうは、にわかにびっくりしたように、いきなり窓《まど》をめがけて飛《と》び立《た》ちました。そしてガラスにはげしく頭《あたま》をぶっつけて、ばたっと下《した》へ落《お》ちました。

「なんだ、ガラスへ、ばかだなあ。」ゴーシュはあわてて立《た》って窓《まど》をあけようとしましたが元来《がんらい》この窓《まど》は、そんなにいつでもするするあく窓《まど》ではありませんでした。ゴーシュが窓《まど》のわくをしきりにがたがたしているうちに、またかっこうがばっとぶっつかって下《した》へ落《お》ちました。見《み》るとくちばしのつけねから少《すこ》し血《ち》が出《で》ています。

「今《いま》あけてやるから待《ま》っていろったら。」ゴーシュがやっと*二寸《にすん》ばかり窓《まど》をあ

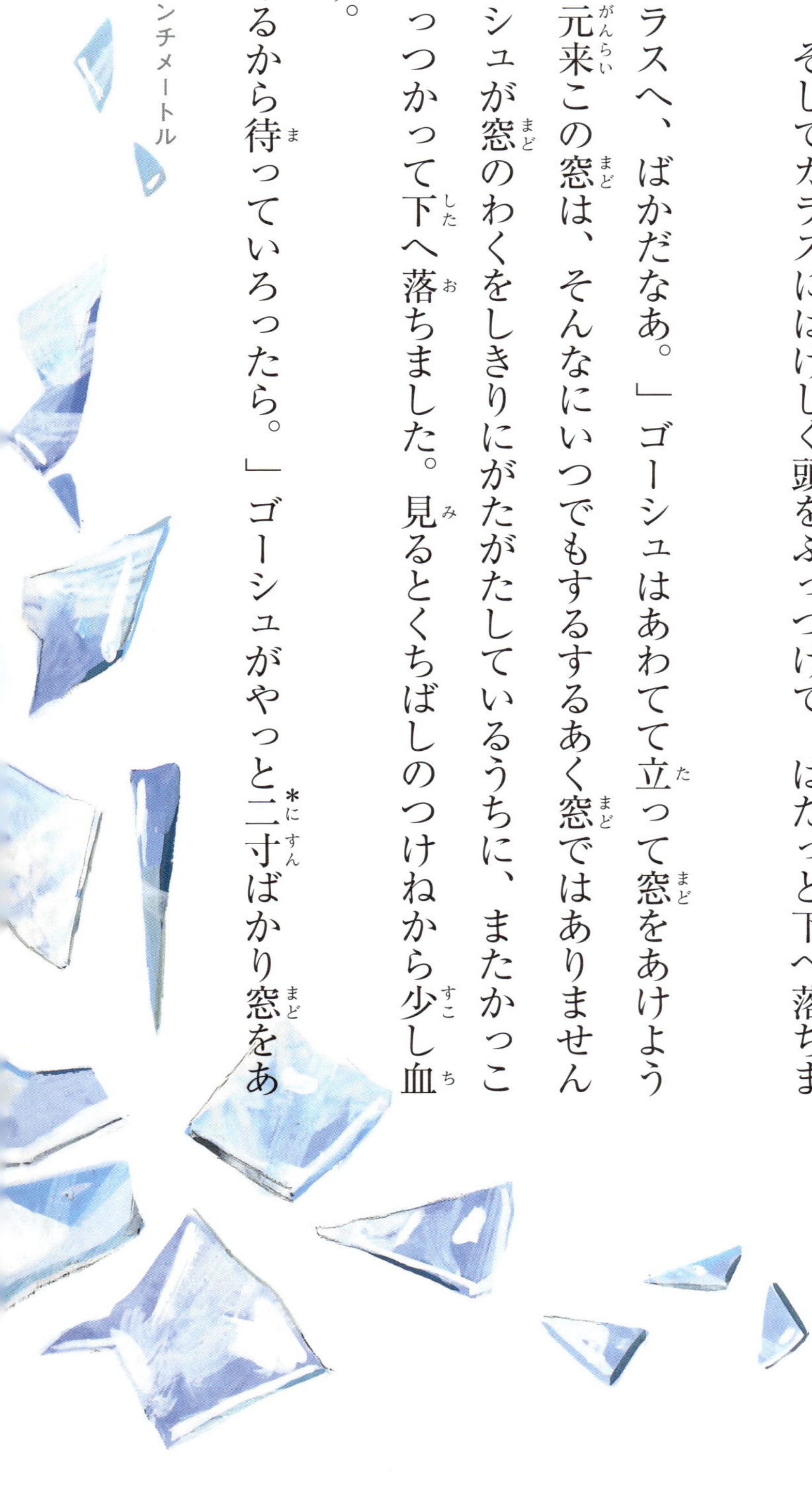

*二寸《にすん》…およそ六《ろく》センチメートル

けたとき、かっこうは起《お》き上《あ》がって何《なに》がなんでも今度《こんど》こそというようにじっと窓《まど》の向《む》こうの東《ひがし》の空《そら》を見《み》つめて、あらんかぎりの力《ちから》をこめたふうで、ぱっと飛《と》び立《た》ちました。もちろん今度《こんど》は前《まえ》よりひどくガラスにつきあたって、かっこうは下《した》へ落《お》ちたまましばらく身動《みうご》きもしませんでした。つかまえてドアから飛《と》ばしてやろうとゴーシュが手《て》を出《だ》しましたら、いきなりかっこうは目《め》を開《ひら》いて飛《と》びのきました。そしてまたガラスへ飛《と》びつきそうにするのです。ゴーシュは思《おも》わず足《あし》を上《あ》げて窓《まど》をばっとけりました。ガラスは二《に》、三枚《さんまい》ものすごい音《おと》してくだけ、窓《まど》はわくのまま外《そと》へ落《お》ちました。そのがらんとなった窓《まど》のあとをかっこうが矢《や》のように外《そと》へ飛《と》び出《だ》しました。そして、もうどこまでもどこまでもまっすぐに飛《と》んでいって、とうとう見《み》えなくなってしまいました。ゴーシュはしばらくあきれたように外《そと》を見《み》ていましたが、そのまままたおれるようにへやのすみへころがって、ねむってしまいました。

次《つぎ》のばんもゴーシュは夜中《よなか》すぎまでセロをひいて、つかれて水《みず》を一《いっ》ぱい飲《の》んでいますと、また扉《とびら》をこつこつとたたくものがあります。

今夜《こんや》は何《なに》が来《き》ても、ゆうべのかっこうのように、はじめからおどかして追《お》いはらってやろうと思《おも》ってコップを持《も》ったまま待《ま》ちかまえておりますと、扉《とびら》が少《すこ》しあいて一《いっ》ぴきのたぬきの子《こ》が入《はい》ってきました。ゴーシュはそこでその扉《とびら》をもう少《すこ》し広《ひろ》く開《ひら》いておいてどんと足《あし》をふんで、

「こら、たぬき、おまえはたぬき汁《じる》ということを知《し》っているかっ。」とどなりました。するとたぬきの子《こ》は、ぼんやりした顔《かお》をしてきちんとゆかへすわったまま、どうもわからないというように首《くび》をまげて考《かんが》えていましたが、しばらくたって、

「たぬき汁《じる》ってぼく知《し》らない。」と言《い》いました。ゴーシュはその顔《かお》を見《み》て思《おも》わずふき出《だ》そうとしましたが、まだ無理《むり》にこわい顔《かお》をして、

「では教《おし》えてやろう。たぬき汁《じる》というのはな。おまえのようなたぬきをな、キャベジや塩《しお》とまぜて、くたくたとにて、おれさまの食《く》うようにしたものだ。」と言《い》いました。するとたぬきの子《こ》はまたふしぎそうに、

「だってぼくのお父《とう》さんがね、ゴーシュさんはとてもいい人《ひと》でこわくないから行《い》って習《なら》えと言《い》ったよ。」と言《い》いました。そこでゴーシュもとうとう笑《わら》いだしてしまいました。

「何《なに》を習《なら》えと言《い》ったんだ。おれはいそがしいんじゃないか。それにねむいんだよ。」

たぬきの子《こ》はにわかにいきおいがついたようにひと足前《あしまえ》へ出《で》ました。

「ぼくは小《こ》だいこの係《かか》りでねえ。セロへ合《あ》わせてもらってこいと言《い》われたんだ。」

「どこにも小《こ》だいこがないじゃないか。」

「そら、これ。」たぬきの子《こ》は、せなかからぼうきれを二本《にほん》出《だ》しました。

「それでどうするんだ。」

「ではね、『ゆかいな馬車屋《ばしゃや》』をひいてください。」

「なんだ、ゆかいな馬車屋《ばしゃや》ってジャズか。」

「ああ、この譜《ふ》だよ。」たぬきの子《こ》はせなかからまた一《いち》まいの譜《ふ》をとり出《だ》しました。ゴーシュは手《て》にとって笑《わら》いだしました。

「ふう、変《へん》な曲《きょく》だなあ。よし、さあひくぞ。おまえは小《こ》だいこをたたくのか。」

ゴーシュはたぬきの子《こ》がどうするのかと思《おも》って、ちらちらそっちを見《み》ながらひきはじめました。

するとたぬきの子《こ》は、ぼうを持《も》ってセロの*駒《こま》の下《した》のところを　ひょうしをとってぽんぽんたたきはじめました。それがなかなかうまいので、ひいているうちにゴーシュはこれはおもしろいぞと思《おも》いました。

おしまいまでひいてしまうと、たぬきの子《こ》はしばらく首《くび》をまげて考《かんが》えました。

それからやっと考《かんが》えついたというように言《い》いました。

「ゴーシュさんはこの二番目《にばんめ》の糸《いと》をひくときは、*きたいにおくれるねえ。なんだかぼくがつまずくようになるよ。」

*駒《こま》…弦《げん》を支《ささ》える部分《ぶぶん》
*きたいに…おかしなことに

ゴーシュははっとしました。たしかにその糸《いと》は、どんなに手早《てばや》くひいても少《すこ》したってからでないと音《おと》が出《で》ないような気《き》が、ゆうべからしていたのでした。

「いや、そうかもしれない。このセロは悪《わる》いんだよ。」とゴーシュは悲《かな》しそうに言《い》いました。するとたぬきは気《き》の毒《どく》そうにして、またしばらく考《かんが》えていましたが、

「どこが悪《わる》いんだろうなあ。ではもう一《いっ》ぺんひいてくれますか。」

「いいともひくよ。」ゴーシュははじめました。たぬきの子《こ》はさっきのようにとんとんたたきながら、ときどき頭《あたま》をまげてセロに耳《みみ》をつけるようにしました。そしておしまいまで来《き》たときは今夜《こんや》もまた東《ひがし》がぼうと明《あか》るくなっていました。

「ああ、夜《よ》があけたぞ。どうもありがとう。」たぬきの子《こ》はたいへんあわてて譜《ふ》やぼうきれをせなかへしょってゴムテープでぱちんととめて、おじぎを二《ふた》つ三《みっ》つすると急《いそ》いで外《そと》へ出《で》ていってしまいました。

ゴーシュはぼんやりして、しばらくゆうべのこわれたガラスから入《はい》ってくる風《かぜ》をすっていましたが、町《まち》へ出《で》ていくまでねむって元気《げんき》をとりもどそうと急《いそ》いでねどこへもぐりこみました。

次《つぎ》のばんもゴーシュは夜《よ》どおしセロをひいて、あけ方近《がたちか》く思《おも》わずつかれて楽《がっ》器《き》を持《も》ったままうとうとしていますと、まただれか扉《とびら》をこつこつとたたくものがあります。それもまるで聞《き》こえるか聞《き》こえないかのくらいでしたが毎《まい》ばんのことなのでゴーシュはすぐ聞《き》きつけて「お入《はい》り。」と言《い》いました。すると戸《と》のすきまから入《はい》ってきたのは一《いっ》ぴきの野《の》ねずみでした。そしてたいへん小《ちい》さな子《こ》どもをつれてちょろちょろとゴーシュの前《まえ》へ歩《ある》いてきました。そのまた野《の》ねずみの子《こ》どもときたら、まるで消《け》しごむのくらいしかないのでゴーシュは思《おも》わず笑《わら》いました。すると野《の》ねずみは何《なに》を笑《わら》われたろうというようにきょろきょろしながらゴーシュの前《まえ》に来《き》て、青《あお》いくりの実《み》を一《ひと》つぶ前《まえ》に置《お》いてちゃんとおじぎをして言《い》いました。

「先生《せんせい》、この子《こ》があんばいが悪《わる》くて死《し》にそうでございますが、先生《せんせい》お慈悲《じひ》になおしてやってくださいまし。」

「おれが医者《いしゃ》などやれるもんか。」ゴーシュは少《すこ》しむっとして言《い》いました。すると野《の》ねずみのお母《かあ》さんは下《した》を向《む》いてしばらくだまっていましたが、また思《おも》い切《き》ったように言《い》いました。

「先生《せんせい》、それはうそでございます。先生《せんせい》は毎日《まいにち》あんなに上手《じょうず》にみんなの病気《びょうき》をなおしておいでになるではありませんか。」

「なんのことだかわからんね。」

「だって先生《せんせい》、先生《せんせい》のおかげで、うさぎさんのおばあさんもなおりましたし、たぬきさんのお父《とう》さんもなおりましたし、あんな意地悪《いじわる》のみみずくまでなおしていただいたのに、この子《こ》ばかりお助《たす》けをいただけないとは、あんまりなさけないことでございます。」

「おいおい、それは何《なに》かのまちがいだよ。おれはみみずくの病気《びょうき》なんどなおしてやったことはないからな。もっともたぬきの子《こ》はゆうべ来《き》て楽隊《がくたい》のまねをしていったがね。ははん。」ゴーシュはあきれてその子《こ》ねずみを見《み》おろして笑《わら》いました。

　すると野《の》ねずみのお母《かあ》さんは泣《な》きだしてしまいました。

「ああこの子《こ》はどうせ病気《びょうき》になるならもっと早《はや》くなればよかった。さっきまであれくらいごうごうと鳴《な》らしておいでになったのに、病気《びょうき》になるといっしょにぴたっと音《おと》がとまって、もうあとはいくらおねがいしても鳴《な》らしてくださらないなんて。なんてふしあわせな子《こ》どもだろう。」

　ゴーシュはびっくりしてさけびました。

「なんだと、ぼくがセロをひけばみみずくやうさぎの病気《びょうき》がなおると。どうい

うわけだ。それは。」

野《の》ねずみは目《め》を片手《かたて》でこすりこすり言《い》いました。

「はい、ここらのものは病気《びょうき》になるとみんな先生《せんせい》のおうちのゆか下《した》に入《はい》ってなおすのでございます。」

「するとなおるのか。」

「はい。からだじゅうとても血《ち》のまわりがよくなってたいへんいい気持《きも》ちで、すぐになおる方《かた》もあれば、うちへ帰《かえ》ってからなおる方《かた》もあります。」

「ああそうか。おれのセロの音《おと》がごうごうひびくと、それがあんまの代《か》わりになっておまえたちの病気《びょうき》がなおるというのか。よし。わかったよ。やってやろう。」ゴーシュはちょっとギウギウと糸《いと》を合《あ》わせて、それからいきなり野《の》ねずみの子《こ》どもをつまんでセロのあなから中《なか》へ入《い》れてしまいました。

「わたしもいっしょについていきます。どこの病院《びょういん》でもそうですから。」おっかさんの野《の》ねずみは、きちがいのようになってセロに飛《と》びつきました。

「おまえさんも入《はい》るかね。」セロひきはおっかさんの野《の》ねずみをセロのあなから*くぐしてやろうとしましたが顔《かお》が半分《はんぶん》しか入《はい》りませんでした。

野《の》ねずみは、ばたばたしながら中《なか》の子《こ》どもにさけびました。

「おまえ、そこはいいかい。落《お》ちるとき、いつも教《おし》えるように足《あし》をそろえてうまく落《お》ちたかい。」

「いい。うまく落《お》ちた。」子《こ》どものねずみは、まるでかのような小《ちい》さな声《こえ》でセロの底《そこ》で返事《へんじ》しました。

「だいじょうぶさ。だから泣《な》き声《ごえ》出《だ》すなというんだ。」ゴーシュはおっかさんのねずみを下《した》におろして、それから弓《ゆみ》をとって、なんとかラプソディとかいうものをごうごうがあがあひきました。するとおっかさんのねずみは、いかにも心配《しんぱい》そうにその音《おと》のぐあいを聞《き》いていましたが、とうとうこらえきれなくなったふうで、

「もうたくさんです。どうか出《だ》してやってください。」と言《い》いました。

「なあんだ、これでいいのか。」ゴーシュはセロをまげて、あなのところに手《て》を

*くぐして…くぐらせて

あてて待《ま》っていましたら間《ま》もなく子《こ》どものねずみが出《で》てきました。ゴーシュは、だまってそれをおろしてやりました。見《み》るとすっかり目《め》をつぶって、ぶるぶるぶるぶるふるえていました。

「どうだったの。いいかい。気分《きぶん》は。」

子《こ》どものねずみは少《すこ》しも返事《へんじ》もしないで、まだしばらく目《め》をつぶったまま、ぶるぶるぶるぶるふるえていましたが、にわかに起《お》き上《あ》がって走《はし》りだした。

「ああよくなったんだ。ありがとうございます。ありがとうございます。」おっかさんのねずみもいっしょに走《はし》っていましたが、間《ま》もなくゴーシュの前《まえ》に来《き》てしきりにおじぎをしながら、

「ありがとうございますありがとうございます」と十《とお》ばかり言《い》いました。

ゴーシュは*何《なに》がなかあいそうになって、

「おい、おまえたちはパンは食《た》べるのか。」と聞《き》きました。

すると野《の》ねずみは、びっくりしたようにきょろきょろあたりを見《み》まわしてから、

「いえ、もうおパンというものは小麦《こむぎ》の粉《こな》をこねたりむしたりしてこしらえたもので、ふくふくふくらんでいておい

*何《なに》がな…なんとなく

しいものなそうでございますが、そうでなくてもわたしどもはおうちの戸《と》だなへなど参《まい》ったこともございませんし、ましてこれくらいお世話《せわ》になりながら、どうしてそれを運《はこ》びになんど参《まい》れましょう。」と言《い》いました。

「いや、そのことではないんだ。ただ食《た》べるのかと聞《き》いたんだ。では食《た》べるんだな。ちょっと待《ま》てよ。そのはらの悪《わる》い子《こ》どもへやるからな。」ゴーシュはセロをゆかへ置《お》いて戸《と》だなからパンをひとつまみむしって野《の》ねずみの前《まえ》へ置《お》きました。

野《の》ねずみはもうまるでばかのようになって泣《な》いたり笑《わら》ったりおじぎをしたりしてから、だいじそうにそれをくわえて子《こ》どもを先《さき》に立《た》てて外《そと》へ出《で》ていきました。

「あああ。ねずみと話《はなし》するのもなかなかつかれるぞ。」ゴーシュはねどこへどっかりたおれて、すぐぐうぐうねむってしまいました。

それから六日目《むいかめ》のばんでした。金星音楽団《きんせいおんがくだん》の人《ひと》たちは町《まち》の公会堂《こうかいどう》のホールのうらにあるひかえ室《しつ》へみんなぱっと顔《かお》をほてらして、めいめい楽器《がっき》を持《も》って、ぞろぞろホールの舞台《ぶたい》から引《ひ》き上《あ》げてきました。首尾《しゅび》よく第六交響曲《だいろくこうきょうきょく》を仕上《しあ》げたのです。ホールでは、はくしゅ

の音《おと》がまだあらしのように鳴《な》っております。楽長《がくちょう》はポケットへ手《て》をつっこんで、はくしゅなんかどうでもいいというように、のそのそみんなの間《あいだ》を歩《ある》きまわっていましたが、実《じつ》はどうして、うれしさでいっぱいなのでした。みんなは、たばこをくわえてマッチをすったり楽器《がっき》をケースへ入《い》れたりしました。

ホールでは、まだぱちぱち手《て》が鳴《な》っています。それどころではなく、いよいよそれが高《たか》くなって、なんだかこわいような手《て》がつけられないような音《おと》になりました。大《おお》きな白《しろ》いリボンをむねにつけた司会者《しかいしゃ》が入《はい》ってきました。

「アンコールをやっていますが、何《なに》か短《みじか》いものでも聞《き》かせてやってくださいませんか。」

すると楽長《がくちょう》がきっとなって答《こた》えました。「いけませんな。こういう大物《おおもの》のあとへ何《なに》を出《だ》したって、こっちの気《き》のすむようにはいくもんでないんです。」

「では楽長《がくちょう》さん、出《で》てちょっとあいさつしてください。」

「だめだ。おい、ゴーシュ君《くん》、何《なに》か出《で》てひいてやってくれ。」

「わたしがですか。」ゴーシュはあっけにとられました。

「君《きみ》だ、君《きみ》だ。」ヴァイオリンの一番《いちばん》の人《ひと》が、いきなり顔《かお》を上《あ》げて言《い》いました。

「さあ出《で》ていきたまえ。」楽長《がくちょう》が言《い》いました。みんなもセロを無理《むり》にゴーシュに持《も》たせて扉《とびら》をあけると、いきなり舞台《ぶたい》へゴーシュをおし出《だ》してしまいました。

ゴーシュが、そのあなのあいたセロを持《も》って実《じつ》にこまってしまって舞台《ぶたい》へ出《で》る

と、みんなはそら見《み》ろというように、いっそうひどく手《て》をたたきました。わあとさけんだものもあるようでした。

「どこまで人《ひと》をばかにするんだ。よし見《み》ていろ。インドのとらがりをひいてやるから。」ゴーシュはすっかり落《お》ちついて舞台《ぶたい》のまん中《なか》へ出《で》ました。

それから、あのねこの来《き》たときのように、まるでおこった象《ぞう》のようないきおいでとらがりをひきました。ところが聴衆《ちょうしゅう》は、しいんとなって一生《いっしょう》けん命《めい》聞《き》いています。ゴーシュはどんどんひきました。ねこがせつながってぱちぱち火花《ひばな》を出《だ》したところもすぎました。扉《とびら》へからだをなんべんもぶっつけたところもすぎました。

曲《きょく》が終《お》わるとゴーシュは、もうみんなの方《ほう》などは見《み》もせず、ちょうどそのねこのようにすばやくセロを持《も》って楽屋《がくや》へにげこみました。すると楽屋《がくや》では楽《がく》長《ちょう》はじめ、なかまがみんな火事《かじ》にでもあったあとのように目《め》をじっとして、ひっそりとすわりこんでいます。ゴーシュはやぶれかぶれだと思《おも》って、みんなの間《あいだ》をさっさと歩《ある》いていって、向《む》こうの長《なが》いすへどっかりとからだをおろして足《あし》を組《く》んですわりました。

するとみんながいっぺんに顔《かお》をこっちへ向《む》けてゴーシュを見《み》ましたが、やはりまじめで別《べつ》に笑《わら》っているようでもありませんでした。

「今夜《こんや》は変《へん》なばんだなあ。」

ゴーシュは思《おも》いました。ところが楽長《がくちょう》は立《た》って言《い》いました。

「ゴーシュ君《くん》、よかったぞお。あんな曲《きょく》だけれども、ここではみんなかなり本《ほん》気《き》になって聞《き》いてたぞ。一週間《いっしゅうかん》か十日《とおか》の間《あいだ》にずいぶん仕上《しあ》げたなあ。十日前《とおかまえ》とくらべたら、まるで赤《あか》んぼうと兵隊《へいたい》だ。やろうと思《おも》えばいつでもやれたんじゃないか、君《きみ》。」

なかまもみんな立《た》ってきて「よかったぜ。」とゴーシュに言《い》いました。

「いや、からだがじょうぶだからこんなこともできるよ。ふつうの人なら死《し》んでしまうからな。」楽長《がくちょう》が向《む》こうで言《い》っていました。

そのばんおそくゴーシュは自分《じぶん》のうちへ帰《かえ》ってきました。

そしてまた水《みず》をがぶがぶ飲《の》みました。それから窓《まど》をあけて、いつかかっこうの飛《と》んでいったと思《おも》った遠《とお》くの空《そら》をながめながら、

「ああ、かっこう。あのときはすまなかったなあ。おれはおこったんじゃなかったんだ。」と言《い》いました。

月《つき》夜《よ》とめがね

作●小川未明　絵●平きょうこ

町《まち》も、野《の》も、いたるところ、緑《みどり》の葉《は》に包《つつ》まれているころでありました。

おだやかな、月《つき》のいいばんのことでありました。しずかな町《まち》のはずれにおばあさんは住《す》んでいましたが、おばあさんは、ただ一人《ひとり》、窓《まど》の下《した》にすわって、はり仕事《しごと》をしていました。

ランプの灯《ひ》が、あたりを平和《へいわ》に照《て》らしていました。おばあさんは、もういい年《とし》でありましたから、目《め》がかすんで、はりのめど*によく糸《いと》が通《とお》らないので、ランプの灯《ひ》に、いくたびも、すかしてながめたり、また、しわのよった指先《ゆびさき》で、細《ほそ》い糸《いと》をよったりしていました。

　月《つき》の光《ひかり》は、うす青《あお》く、この世界《せかい》を照《て》らしていました。なまあたたかな水《みず》の中《なか》に、木《こ》立《だち》も、家《いえ》も、おかも、みんなひたされたようであります。おばあさんは、こうして仕《し》事《ごと》をしながら、自分《じぶん》のわかい時分《じぶん》のことや、また、遠方《えんぽう》の親《しん》せきのことや、はなれてくらしている孫《まご》むすめのことなどを、空想《くうそう》していたのであります。

*めど…糸《いと》を通《とお》すあな

目《め》ざまし時計《どけい》の音《おと》が、カタ、コト、カタ、コトとたなの上《うえ》できざんでいる音《おと》がするばかりで、あたりはしんとしずまっていました。ときどき町《まち》の人通《ひとどお》りのたくさんな、にぎやかなちまたの方《ほう》から、何《なに》か物売《ものう》りの声《こえ》や、また、汽車《きしゃ》のゆく音《おと》のような、かすかなとどろきが聞《き》こえてくるばかりであります。

おばあさんは、今自分《いまじぶん》はどこにどうしているのすら、思《おも》い出《だ》せないように、ぼんやりとして、ゆめを見《み》るようなおだやかな気持《きも》ちですわっていました。

このとき、外《そと》の戸《と》をコト、コトたたく音《おと》がしました。おばあさんは、だいぶ遠《とお》くなった耳《みみ》を、その音《おと》のする方《ほう》にかたむけました。今時分《いまじぶん》、だれもたずねてくるはずがないからです。きっとこれは、風《かぜ》の音《おと》だろうと思《おも》いました。風《かぜ》は、こうして、あてもなく野原《のはら》や、町《まち》を通《とお》るのであります。

すると、今度《こんど》、すぐ窓《まど》の下《した》に、小《ちい》さな足音《あしおと》がしました。おばあさんは、いつもににず、それを聞《き》きつけました。

「おばあさん、おばあさん。」と、だれかよぶのであります。

おばあさんは、最初《さいしょ》は、自分《じぶん》の耳《みみ》のせいでないかと思《おも》いました。そして、手《て》を動《うご》かすのをやめていました。

「おばあさん、窓《まど》をあけてください。」と、また、だれか言《い》いました。

おばあさんは、だれが、そう言《い》うのだろうと思《おも》って、立《た》って、窓《まど》の戸《と》をあけました。外《そと》は、青白《あおじろ》い月《つき》の光《ひかり》が、あたりを昼間《ひるま》のように、明《あか》るく照《て》らしているのであります。

窓《まど》の下《した》には、せのあまり高《たか》くない男《おとこ》が立《た》って、上《うえ》を向《む》いていました。男《おとこ》は、黒《くろ》いめがねをかけて、ひげがありました。

「わたしは、おまえさんを知《し》らないが、だれですか？」と、おばあさんは言《い》いました。

おばあさんは、見知《みし》らない男《おとこ》の顔《かお》を見《み》て、この人《ひと》はどこか家《いえ》をまちがえてたずねてきたのではないかと思《おも》いました。

「わたしは、めがね売《う》りです。いろいろなめがねをたくさん持《も》っています。この町《まち》へは、はじめてですが、実《じつ》に気持《きも》ちのいいきれいな町《まち》です。今夜《こんや》は月《つき》がいいから、こうして売《う》って歩《ある》くのです。」と、その男《おとこ》は言《い》いました。

おばあさんは、目《め》がかすんでよくはりのめどに、糸《いと》が通《とお》らないでこまっていたやさきでありましたから、

「わたしの目《め》に合《あ》うような、よく見《み》えるめがねはありますかい。」と、おばあさんはたずねました。

男《おとこ》は手《て》にぶらさげていた箱《はこ》のふたを開《ひら》きました。そして、その中《なか》から、おばあさんに向《む》くようなめがねをよっていましたが、やがて、一《ひと》つのべっこうぶちの大《おお》きなめがねをとり出《だ》して、これを窓《まど》から顔《かお》を出《だ》したおばあさんの手《て》にわたしました。

「これなら、なんでもよく見《み》えることうけあいです。」と、男《おとこ》は言《い》いました。

窓《まど》の下《した》の男《おとこ》が立《た》っている足《あし》もとの地面《じめん》には、白《しろ》や、紅《あか》や、青《あお》や、いろいろの草花《くさばな》が、月《つき》の光《ひかり》をうけて黒《くろ》ずんでさいて、におっていました。

おばあさんは、このめがねをかけてみました。そして、あちらの目《め》ざまし時計《どけい》の数字《すうじ》や、こよみの字《じ》などを読《よ》んでみましたが、一字《いちじ》、一字《いちじ》がはっきりとわかるのでした。それは、ちょうどいく十《じゅう》年前《ねんまえ》のむすめの時分《じぶん》には、おそらく、こんなになんでも、はっきりと目《め》にうつったのであろうと、おばあさんに思《おも》われたほどです。

おばあさんは、大《おお》よろこびでありました。

「あ、これをおくれ。」と言《い》って、さっそく、おばあさんは、このめがねを買《か》いました。

おばあさんが、銭《ぜに》をわたすと、黒《くろ》いめがねをかけた、ひげのあるめがね売《う》りの男《おとこ》は、立《た》ち去《さ》ってしまいました。男《おとこ》のすがたが見《み》えなくなったときには、草花《くさばな》だけが、やはりもとのように、夜《よる》の空《くう》気《き》の中《なか》ににおっていました。

おばあさんは、窓《まど》をしめて、また、元《もと》のところにすわりました。今度《こんど》は楽々《らくらく》とはりのめどに糸《いと》を通《とお》すことができました。おばあさんは、めがねをかけたり、はずしたりしました。ちょうど子《こ》どものようにめずらしくて、いろいろにしてみたかったのと、もう一《ひと》つは、ふだんかけつけないのに、急《きゅう》にめがねをかけて、ようすが変《か》わったからでありました。

おばあさんは、かけていためがねを、またはずしました。それをたなの上《うえ》の目《め》ざまし時計《どけい》のそばにのせて、もう時《じ》刻《こく》もだいぶおそいから休《やす》もうと、仕事《しごと》をかたづけにかかりました。

このとき、また外《そと》の戸《と》をトン、トンとたたくものがありました。

おばあさんは、耳《みみ》をかたむけました。

「なんというふしぎなばんだろう。また、だれか来《き》たようだ。もう、こんなにおそいのに……。」

と、おばあさんは言《い》って、時計《とけい》を見《み》ますと、外《そと》は月《つき》の光《ひかり》に明《あか》るいけれど、時刻《じこく》はもうだいぶふけていました。

おばあさんは立《た》ち上《あ》がって、入《い》り口《ぐち》の方《ほう》にゆきました。小《ちい》さな手《て》でたたくとみえて、トン、トンというかわいらしい音《おと》がしていたのであります。

「こんなにおそくなってから……。」と、おばあさんは口《くち》のうちで言《い》いながら戸《と》をあけてみました。するとそこには、十二《じゅうに》、三《さん》の美《うつく》しい女《おんな》の子《こ》が目《め》をうるませて立《た》っていました。

「どこの子《こ》か知《し》らないが、どうしてこんなにおそくたずねてきました？」と、おばあさんは、いぶかしがりながら問《と》いました。

「わたしは、町《まち》のこうすい製造場《せいぞうじょう》にやとわれています。毎日《まいにち》、毎日《まいにち》、白《しろ》ばらの花《はな》からとったこうすいをびんにつめています。そして、夜《よる》、おそく家《うち》に帰《かえ》ります。今夜《こんや》も働《はたら》いて、一人《ひとり》ぶらぶら月《つき》がいいので歩《ある》いてきますと、石《いし》につまずいて、指《ゆび》をこんなにきずつけてしまいました。わたしは、いたくて、いたくてがまんができないのです。血《ち》が出《で》てとまりません。もう、どの家《うち》もみんなねむってしまいました。この家《うち》の前《まえ》を通《とお》ると、まだおばあさんが起《お》きておいでなさいます。わたしは、おばあさんがごしんせつな、やさしい、いい方《かた》だということ

を知《し》っています。それでつい、戸《と》をたたく気《き》になったのであります。」と、かみの毛《け》の長《なが》い、美《うつく》しい少女《しょうじょ》は言《い》いました。

おばあさんは、いいこうすいのにおいが、少女《しょうじょ》のからだにしみているとみえて、こうして話《はな》している間《あいだ》に、ぷんぷんと鼻《はな》にくるのを感《かん》じました。

「そんなら、おまえは、わたしを知《し》っているのですか。」と、おばあさんはたずねました。

「わたしは、この家《うち》の前《まえ》をこれまでたびたび通《とお》って、おばあさんが、窓《まど》の下《した》ではり仕事《しごと》をなさっているのを見《み》て知《し》っています。」と、少女《しょうじょ》は答《こた》えました。

「まあ、それはいい子《こ》だ。どれ、そのけがをした指《ゆび》を、わたしにお見《み》せなさい。何《なに》か薬《くすり》をつけてあげよう。」と、おばあさんは言《い》いました。そして、少女《しょうじょ》をランプの近《ちか》くまでつれてきました。少女《しょうじょ》は、かわいらしい指《ゆび》を出《だ》して見《み》せました。すると、まっ白《しろ》な指《ゆび》から赤《あか》い血《ち》が流《なが》れていました。

「あ、かわいそうに、石《いし》ですりむいて切《き》ったのだろう。」と、おばあさんは、口《くち》のうちで言《い》いましたが、目《め》がかすんで、どこから血《ち》が出《で》るのかよくわかりませんでした。

「さっきのめがねはどこへいった。」と、おばあさんは、たなの上《うえ》をさがしました。めがねは、目《め》ざまし時計《どけい》のそばにあったので、さっそく、それをかけて、よく少女《しょうじょ》のきず口《ぐち》を、見《み》てやろうと思《おも》いました。

おばあさんは、めがねをかけて、この美《うつく》しい、たびたび自分《じぶん》の家《いえ》の前《まえ》を通《とお》ったというむすめの顔《かお》を、よく見《み》ようとしました。すると、おばあさんはたまげてしまいました。それは、むすめではなくて、きれいな一《ひと》つのこちょう*でありました。おばあさんは、こんなおだやかな月夜《つきよ》のばんには、よくこちょうが人間《にんげん》に化《ば》けて、夜《よ》おそくまで起《お》きている家《いえ》を、たずねることがあるものだという話《はなし》を思《おも》い出《だ》しました。そのこちょうは足《あし》をいためていたのです。

*こちょう…ちょうちょう

「いい子《こ》だから、こちらへおいで。」と、おばあさんはやさしく言《い》いました。そして、おばあさんは先《さき》に立《た》って、戸口《とぐち》から出《で》てうらの花園《はなぞの》の方《ほう》へとまわりました。少女《しょうじょ》はだまって、おばあさんのあとについてゆきました。

花園《はなぞの》には、いろいろの花《はな》が、今《いま》をさかりとさいていました。昼間《ひるま》は、そこに、ちょうや、みつばちが集《あつ》まっていて、にぎやかでありましたけれど、今《いま》は、葉《は》かげで楽《たの》しいゆめを見《み》ながら休《やす》んでいるとみえて、まったくしずかでした。ただ水《みず》のように月《つき》の青白《あおじろ》い光《ひかり》が流《なが》れていました。あちらのかきねには、白《しろ》い野《の》ばらの花《はな》が、こんもりとかたまって、雪《ゆき》のようにさいています。

「むすめはどこへ行《い》った?」と、おばあさんは、ふいに立《た》ちどまってふり向《む》きました。あとからついてきた少女《しょうじょ》は、いつの間《ま》にか、どこへすがたを消《け》したものか、足音《あしおと》もなく見《み》えなくなってしまいました。

「みんなお休《やす》み、どれわたしもねよう。」と、おばあさんは言《い》って、家《いえ》の中《なか》へ入《はい》ってゆきました。

ほんとうに、いい月夜《つきよ》でした。

泣《な》いた赤《あか》おに

作●浜田廣介　絵●古内ヨシ

どこの山《やま》か、わかりません。その山《やま》のがけのところに、家《いえ》が一《いっ》けんたっていました。

きこりが、住《す》んでいたのでしょうか。

いいえ、そうではありません。

そんなら、くまが、そこに住《す》まっていたのでしょうか。

いいえ、そうでもありません。

そこには、わかい赤《あか》おにが、たった一人《ひとり》で住《す》まっていました。その赤《あか》おには、絵本《えほん》にえがいてあるようなおにとは、かたち、顔《かお》つきが、たいへんにちがっていました。けれども、やっぱり目《め》は大《おお》きくて、きょろきょろしていて、頭《あたま》には、どうやら角《つの》のあとらしい、とがったものが、ついていました。

それでは、やっぱりゆだんのできないあやしいやつだと、だれでも思《おも》うことでしょう。ところが、そうではありません。むしろ、やさしい、すなおなおにでありました。わかもののおにでしたから、うでには力《ちから》がありました。けれども、なかまのおにどもをいじめたことはありません。おにの子《こ》どもが、いたずらをして、目《め》の前《まえ》に、小石《こいし》をぽんと投《な》げつけようとも、赤《あか》おには、にっこり笑《わら》って見《み》ていました。

ほんとうに、その赤《あか》おには、ほかのおにとは、ちがう気持《きも》ちを持《も》っていました。

「わたしは、おにに生《う》まれてきたが、おにどものためになるなら、できるだけよいことばかりをしてみたい。いや、そのうえに、できることなら、人間《にんげん》たちのなかまになって、なかよく、くらしていきたいな。」

赤《あか》おには、いつもそう思《おも》っていました。そして、それを自分一人《じぶんひとり》の心《こころ》の中《なか》に、そっと、そのまま、しまっておけなくなりました。

そこで、ある日《ひ》、赤《あか》おには、自分《じぶん》の家《いえ》の戸口《とぐち》の前《まえ》に、木《き》の立《た》て札《ふだ》を立《た》てました。

ココロノ　ヤサシイ　オニノ　ウチデス。
ドナタデモ　オイデ　クダサイ。
オイシイ　オカシガ　ゴザイマス。
オチャモ　ワカシテ　ゴザイマス。

そう、立《た》て札《ふだ》に書《か》かれました。やさしいかなの文字《もじ》を使《つか》って、赤《あか》おには、ことば短《みじか》く書《か》きしるしたのでありました。

次《つぎ》の日《ひ》に、がけ下《した》の家《いえ》の前《まえ》を通《とお》りかかって、一人《ひとり》のきこりが、立《た》て札《ふだ》に目《め》をとめました。

「こんなところに、立《た》て札《ふだ》が……」

見《み》れば、だれにも読《よ》まれるかなで書《か》かれていました。きこりは、さっそく読《よ》んでみて、たいそうふしぎに思《おも》いました。わけは、よくわかりましたが、どうも、がてんがいきません。なん度《ど》も首《くび》をまげてみてから、きこりは、山《やま》の細道《ほそみち》を急《いそ》いでおりていきました。ふもとに村《むら》がありました。なかまのきこりに出《で》あいました。

「おかしなものを見《み》てきたよ。」

「なんだい。きつねのよめ入《い》りか。」

「ちがう、ちがう。もっともっとめずらしいもの、古《ふる》くさくない、新《あたら》しいもの。」

「へえ、なんだろう。」

「おにが、立《た》て札《ふだ》立《た》てたのさ。」

「なんだと。おにの立《た》て札《ふだ》だと。」
「そうだよ。おにの立《た》て札《ふだ》なんて、今《いま》まで、聞《き》いたこともない。」
「なんと、書《か》いてあるんだい。」
「行《い》ってごらんよ。見《み》ないことには話《はなし》にならん。」

先《さき》のきこりと、あとのきこりと、いっしょになって、もう一度《いちど》、山《やま》の小道《こみち》をめぐりのぼって、がけ下《した》の家《いえ》の前《まえ》までやって来《き》ました。

「ほら、ごらん、このとおりだよ。」

「なるほど、なるほど。」

あとのきこりは、目《め》を近《ちか》づけて読《よ》んでみました。

ココロノ　ヤサシイ　オニノ　ウチデス。
ドナタデモ　オイデ　クダサイ。
オイシイ　オカシガ　ゴザイマス。
オチャモ　ワカシテ　ゴザイマス。

「へえ、どうも、ふしぎなことだな。たしかに、これは、おにの字《じ》だが。」

「むろん、そうとも、
ふでに力《ちから》が入《はい》っているよ。」

「まじめな気持《きも》ちで書《か》いたらしい。」

「そうなれば、この文句《もんく》にも、うそ、いつわりがないことになる。」

「入《はい》ってみようか。」

「いや、待《ま》て。そっとのぞいてみよう。」

家《いえ》の中《なか》から、おにはだまって、二人《ふたり》の話《はなし》を聞《き》いていました。ちょっと入《はい》れば、ぞうさなく入《はい》れる戸口《とぐち》を、入《はい》ろうともせず、ひまどっているのを見《み》ると、はがゆくて、おには、一人《ひとり》でいらいらしました。二人《ふたり》は、こっそり首《くび》をのばして、戸口《とぐち》の中《なか》をのぞいたらしく思《おも》われました。

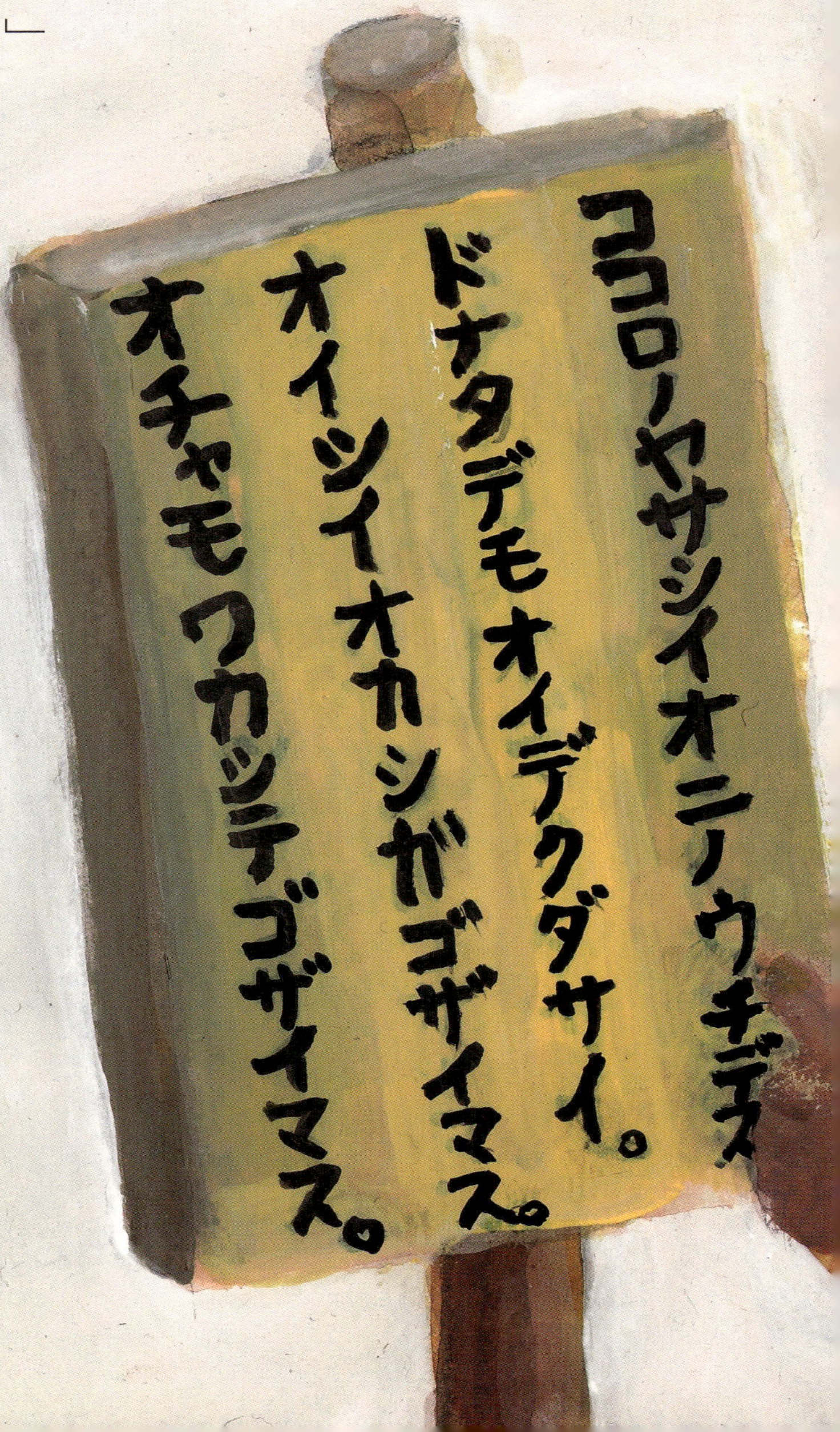
ココロノヤサシイオニノウチデス
ドナタデモオイデクダサイ。
オイシイオカシがゴザイマス。
オチャモワカッテゴザイマス。

「なんだか、ひっそりしているよ。」

「きみが、悪《わる》いな。」

「さては、だまして、とって食《く》うつもりじゃないかな。」

「なあるほど。あぶない、あぶない。」

二人《ふたり》のきこりは、しりごみを始《はじ》めたらしくみえました。

赤《あか》おには耳《みみ》をすましていましたが、こう言《い》われると、くやしくなって、むっとしながら言《い》いました。

「とんでもないぞ。だれが、だまして食《く》うものか。ばかにするない。」

しょうじきな、おには、さっそく、窓《まど》のそばからひょっこりと、まっ赤《か》な顔《かお》をつき出《だ》しました。

「おい、きこりさん。」

声高《こえたか》く、よびかけました。そのよび声《ごえ》は、人間《にんげん》たちには、ぐっと大《おお》きく聞《き》こえました。

「わっ、大変《たいへん》だ。」

「出《で》た、出《で》た、おにが。」

「にげろ、にげろ。」

二人《ふたり》のきこりは、おにがちっとも追《お》いかけようとはしないのに、いっしょになってにげ出《だ》しました。

「おうい、ちょっと待《ま》ちなさい。だましはしないよ。とまりなさい。ほんとうなんだよ。おいしい、おかし。かおりのいいお茶《ちゃ》。」

赤《あか》おには窓《まど》をはなれて、外《そと》に出《で》てよびとめようとしましたが、おじけがついたか、二人《ふたり》のきこりは、かけ出《だ》して、ふり向《む》くこともしませんでした。つまずいてよろめきながらも走《はし》りつづけて、とっとと山《やま》をくだっていきました。

おには、たいそうがっかりしました。気《き》がつくと、おには、はだしでとび出《だ》して、あつい地面《じめん》に立《た》っているのでありました。

おには、自分《じぶん》の立《た》て札《ふだ》にうらめしそうに目《め》を向《む》けました。板《いた》きれを自分《じぶん》でけずって、自分《じぶん》で切《き》って、くぎづけをして、自分《じぶん》で書《か》いて、にこにこしながら自分《じぶん》で立《た》てた、立《た》て札《ふだ》なのでありました。それでしたのに、なんのききめもありません。

「こんなもの立《た》てておいても、意味《いみ》がない。毎日《まいにち》、おかしをこしらえて、毎《まい》日《にち》、お茶《ちゃ》をわかしていても、だれも遊《あそ》びに来《き》はしない。ばかばかしいな。いまいましいな。」

気持《きも》ちのやさしい、まじめなおにでも、気短《きみじか》ものでありました。

「ええ、こんなもの、こわしてしまえ。」

うでをのばして、立《た》て札《ふだ》を引《ひ》きぬいたかと思《おも》うまに、地面《じめん》にばさりと投《な》げすてて、力《ちから》まかせにふみつけました。板《いた》は、ばらっとわれました。おには、むしゃくしゃしていました。まるで、はしでも折《お》るように、立《た》て札《ふだ》の足《あし》もぽきんと、へし折《お》りました。

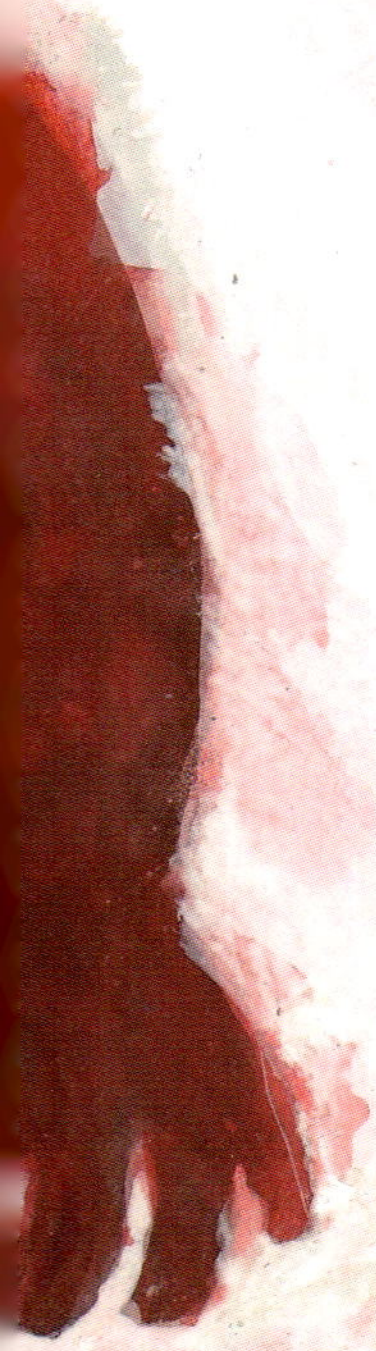

　すると、そのとき、ひょっこりと、一人《ひとり》のお客《きゃく》が戸口《とぐち》の前《まえ》にやって来《き》ました。なお客《きゃく》といっても人間《にんげん》のお客《きゃく》さまではありません。なかまのおにでありました。なかまのおにでも赤《あか》いおにではありません。青《あお》いとなると、つめの先《さき》、足《あし》のうらまで青《あお》いという青《あお》おになのでありました。その青《あお》おには、その日《ひ》の朝《あさ》に、遠《とお》い遠《とお》い山《やま》おくの岩《いわ》の家《いえ》からぬけ出《だ》して、とちゅうの山《やま》まで、雨雲《あまぐも》に乗《の》ってきたのでありました。

「どうしたんだい。ばかに手《て》あらいことをして、君《きみ》らしくもないじゃないか。」

青《あお》おには、えんりょしないで、近《ちか》よりながら言《い》いました。

赤《あか》おには、いっとき、きまりが悪《わる》そうな、はずかしそうな顔《かお》をしました。けれども、すぐにきげんを直《なお》して、青《あお》おにに、どうして、自分《じぶん》がそんなにはらを立《た》てているのか、わけは、これこれ、しかじかと話《はなし》をしました。

「そんなことかい。たまに遊《あそ》びに来《き》てみると、そんな苦労《くろう》で、君《きみ》は、くよくよしているよ。そんなことなら、わけなく、らちがあくんだよ。ねえ、君《きみ》、こうすりゃ、かんたんさ。ぼくが、これから、ふもとの村《むら》におりていく。そこで、うんとこ、あばれよう。」

「じょ、じょうだん言《い》うな。」
と、赤《あか》おには、少《すこ》しあわてて言《い》いました。

「まあ、聞《き》けよ。うんと、あばれているさいちゅうに、ひょっこり、君《きみ》が、やって来《く》る。ぼくをおさえて、ぼくの頭《あたま》をぽかぽかなぐる。そうすれば、人間《にんげん》たちは、はじめて、君《きみ》をほめたてる。ねえ、きっと、そうなるだろう。そうなれば、しめたものだよ。安心《あんしん》をして、遊《あそ》びにやって来《く》るんだよ。」

「ふうん。うまいやり方《かた》だ。しかし、それでは、君《きみ》に対《たい》して、すまないよ。」

「なあに、ちっとも。水《みず》くさいことを言《い》うなよ。何《なに》か、一《ひと》つの、めぼしいことをやりとげるには、きっと、どこかで、いたい思《おも》いか、そんをしなくちゃならないさ。だれかが、ぎせいに、身《み》がわりに、なるのでなくちゃ、できないさ。」

なんとなく、もの悲《かな》しげな目《め》つきを見《み》せて、青《あお》おには、でも、あっさりと、言《い》いました。

「ねえ、そうしよう。」

赤《あか》おには、考《かんが》えこんでしまいました。

「また、しあんかい。だめだよ、それじゃ。さあ、行《い》こう。さっさとやろう。」

青《あお》おには、立《た》とうとしない赤《あか》おにの手《て》を引《ひ》っぱって、せきたてました。

おにと、おにとは、つれだって山《やま》をくだっていきました。ふもとに村《むら》がありました。村《むら》のはずれに小《ちい》さな家《いえ》がありました。低《ひく》い竹《たけ》のかきねがあって、そのわきに、さるすべりの木《き》が、枝《えだ》枝《えだ》に、赤《あか》い花《はな》をさかせていました。日《ひ》に照《て》らされて花《はな》はふくれて見《み》えました。

「いいかい、それじゃ、あとから間《ま》もなく、来《く》るんだよ。」

青《あお》おにはささやくように言《い》うが早《はや》いか、かけ出《だ》して、小《ちい》さな家《いえ》の戸口《とぐち》の前《まえ》にやって来《き》ました。そうして、急《きゅう》に、戸《と》を強《つよ》くけりつけながらどなりました。

「おにだ、おにだ。」

家《いえ》の中《なか》では、おじいさんと、おばあさんとが、お昼《ひる》のごはんを食《た》べていました。あけっぱなしの戸口《とぐち》の前《まえ》に、昼《ひる》まなか、おにのすがたが、ひょっこりと立《た》ったのを見《み》て、きもをつぶして、とび立《た》って、

「おにだ、おにだ。」

と、さけびつづけて、二人《ふたり》いっしょに、うら口《ぐち》からにげ出《だ》しました。

にげていくおじいさん、おばあさんには、ちっとも用《よう》がありません。青《あお》おには、中《なか》に入《はい》ると、さっそく、皿《さら》、はち、茶《ちゃ》わん、茶《ちゃ》がまなど、手《て》あたりしだい手《て》にとって投《な》げつけました。ごはん入《い》れも投《な》げつけました。ごはんつぶが、そこらに飛《と》んで、しょうじのさんや、柱《はしら》のかどにくっつきました。みそ汁《しる》のなべはころげて、汁《しる》は、*ろぶちにたらたらとしたたりました。がらがら、がちゃん、がちゃりん、ちゃりん、どたん、ばたんと、青《あお》おには、とんだり、はねたり、さかだちしたりしていました。

*ろぶち…いろりのふち

「まだ、来《こ》ないかな。」

そう、そっと思《おも》うところに、相手《あいて》のわかい赤《あか》おにが、息《いき》を切《き》らしてかけてきました。

「どこだ、どこだ。らんぼうものめ。」

赤《あか》おには、こぶしをにぎって大《おお》きな声《こえ》で、そう言《い》って、青《あお》おにがいるのを見《み》ると、かけよって、

「やっ、このやろう。」

と、どなるといっしょに、つかみかかって、首《くび》のところをぐいぐいとしめつけました。こつんと一《ひと》つ、かたい頭《あたま》をうちすえました。青《あお》おには首《くび》をちぢめて、小《ちい》さな声《こえ》で言《い》いました。

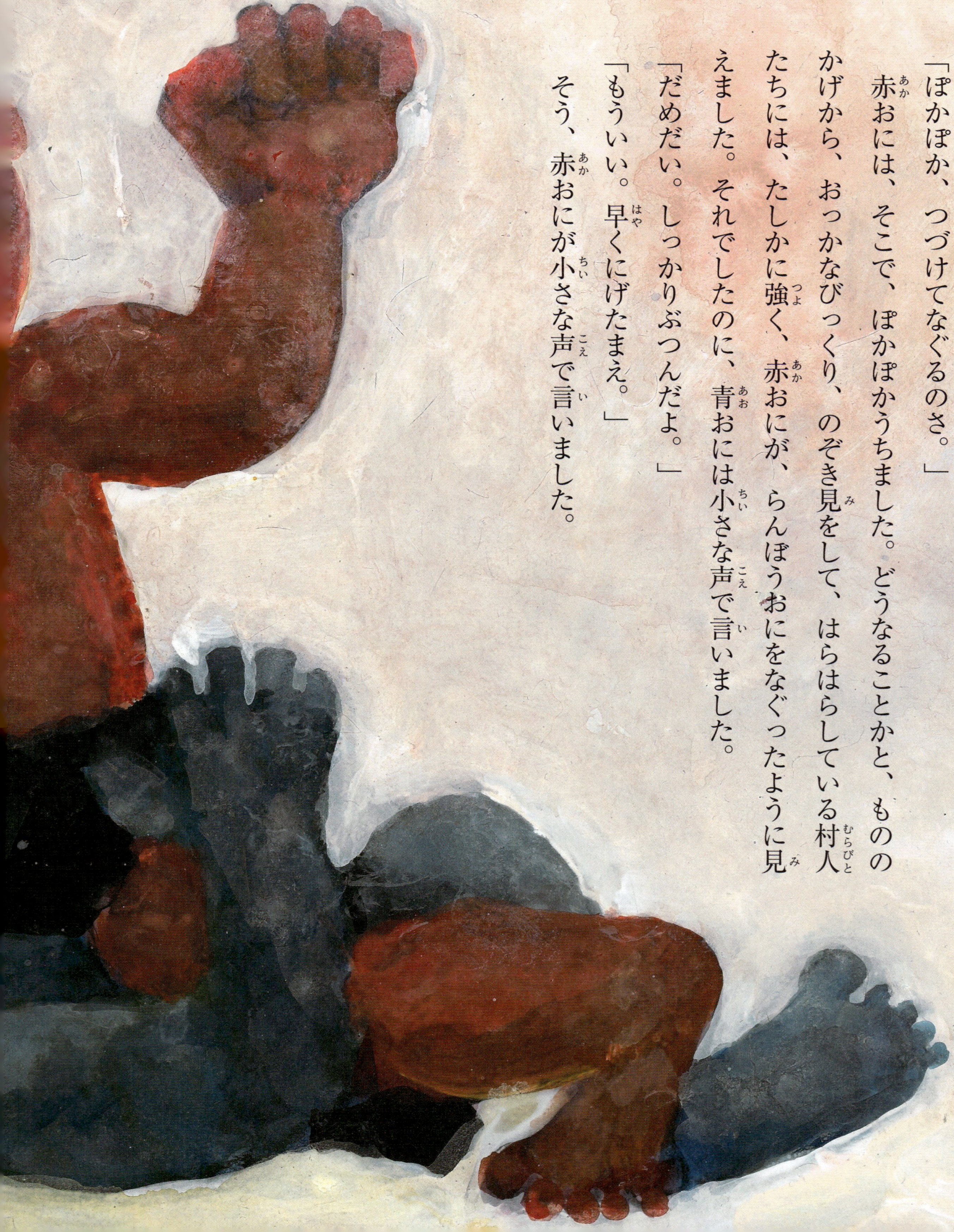

「ぽかぽか、つづけてなぐるのさ。」

赤《あか》おには、そこで、ぽかぽかうちました。どうなることかと、もののかげから、おっかなびっくり、のぞき見《み》をして、はらはらしている村人《むらびと》たちには、たしかに強《つよ》く、赤《あか》おにが、らんぼうおにをなぐったように見《み》えました。それでしたのに、青《あお》おには小《ちい》さな声《こえ》で言《い》いました。

「だめだい。しっかりぶつんだよ。」

「もういい。早《はや》くにげたまえ。」

そう、赤《あか》おにが小《ちい》さな声《こえ》で言《い》いました。

「そんなら、そろそろにげようか。」

赤《あか》おにのまたをくぐって青《あお》おには、にげ出《だ》しました。

あわてたようなふりをして、戸口《とぐち》を出《で》ようとするときに、青《あお》おには、わざと、ひたいを柱《はしら》のかどにうちあてるまねをしました。ところが、強《つよ》くうちすぎて、思《おも》わず声《こえ》をたてました。

「いたたっ、たっ。」

赤《あか》おには、びっくりしました。

「青《あお》くん、待《ま》て待《ま》て。見《み》てあげる。いたくはないか。」

赤《あか》おには、心配《しんぱい》しながら追《お》いかけました。青《あお》おには、思《おも》いがけなく青《あお》いひたいに青《あお》い大《おお》きなこぶをつくって、こぶをなでなでにげました。村人《むらびと》たちは、うしろからあっけにとられて、おにども二人《ふたり》が走《はし》っていくのを見《み》ていました。

おにどものすがたが、向《む》こうに消《き》えてしまうと、人《ひと》たちは、はじめて、てんでに話《はなし》をかわして言《い》いました。

「これは、どうしたことだろう。」

「おには、みんな、らんぼうものだと思《おも》っていたのに。」

「あの赤《あか》おには、まるきりちがう。」

「まったく、まったく。してみると、あのおにだけは、やっぱりやさしいおになんだ。」

「なあんだい。そんなら早《はや》く、
お茶《ちゃ》飲《の》みに出《で》かけていけばよかったよ。」
「そうだ。行《い》こうよ。これからだって、
おそくはないよ。」
そんなふうに、人《ひと》たちは、たがいに語《かた》りあいました。
村人《むらびと》たちは安心《あんしん》しました。その日《ひ》のうちに山《やま》に出《で》かけていきました。赤《あか》おにの家《いえ》の戸口《とぐち》に立《た》ちながら、戸《と》をとんとんと軽《かる》くたたいて、言《い》いました。

「赤《あか》さん、赤《あか》さん、こんにちは。」

人間《にんげん》のことばを聞《き》くと、赤《あか》おには、いっそくとびにとんで出《で》て、にこにこ顔《がお》で出《で》むかえました。

「ようこそ、ようこそ。さあ、どうぞ。」

おには、急《いそ》いで、おうせつ間《ま》にあんないしました。木《き》のかべ、木《き》の床《ゆか》、天《てん》じょうも木《き》の皮張《かわば》りでできている質素《しっそ》なへやでありました。まるい食卓《しょくたく》、足《あし》の短《みじか》い、低《ひく》いいす、みんな木《き》でできていました。そうしてそれらは、どれもみな、その赤《あか》おにがつくったものでありました。かべには、ちゃんと、あぶら絵《え》がかかっていました。そのがくぶちは、しらかばのきれいな皮《かわ》でできていました。

それもやっぱり、
赤《あか》おにがつくったものでありました。
しかも、あぶら絵《え》そのものが、赤《あか》おにの苦心《くしん》の作《さく》でありました。その絵《え》というのは、おにと、一人《ひとり》の人間《にんげん》の子《こ》が、かかれていました。人間《にんげん》のかわいい子《こ》どもを赤《あか》おにが首《くび》のところにまたがらせ、正面向《しょうめんむ》きになっているのでありました。たぶん、その絵《え》の赤《あか》おには、自分《じぶん》の顔《かお》をえがいたのかもしれません。六月《ろくがつ》ごろの緑《みどり》の庭《にわ》を背景《はいけい》にして、うれしそうな赤《あか》おにと子《こ》どもの顔《かお》とが、いきいきとえがき出《だ》されて見《み》えました。人《ひと》たちは、へやをぐるっとながめまわして、手《て》せいのいすに、どっかと、こしをかけました。かけると、なんともぐあいがよくて、だれのからだもらくらくとするだけではなく、心持《こころも》ちまでゆったりと、落《お》ちつくことができました。どうして、こんなに手《て》ぎわがよいのでありましょう。

おにに、たずねてみましょうか。

いや、待《ま》て、ごらん。赤《あか》おには、自分《じぶん》でお茶《ちゃ》を出《だ》してきました。

おかしも、自分《じぶん》で運《はこ》んできました。

なんと、おいしいお茶《ちゃ》でしょう。

なんと、おいしいおかしでしょう。

これまで、ずっと、こんなにおいしいお茶《ちゃ》を飲《の》み、こんなにおいしいおかしを食《た》べたというものが、ただの一人《ひとり》もいませんでした。村《むら》に帰《かえ》って人《ひと》たちは、おにのおいしいごちそうを口々《くちぐち》にほめたてました。おにの住《す》まいが、さっぱりしていて、いやみがなくて、

いごこちが、まったくよいということを、だれもかれも、ほめたてました。

「そんなら、おれも出《で》かけよう。」

「君《きみ》は、昨日《きのう》、行《い》ったじゃないか。」

「毎日《まいにち》、行《い》ってもいいんだよ。」

こんなぐあいで、村《むら》から山《やま》へ人《ひと》たちは、三《さん》人《にん》、五人《ごにん》とつれだって、毎日《まいにち》出《で》かけていきました。こうして、おにには人間《にんげん》の友《とも》だちなかまができました。前《まえ》とは変《か》わって、赤《あか》おには、今《いま》は少《すこ》しもさびしいことはありません。

けれども日数《ひかず》がたつうちに、心《こころ》がかりになるものが、一《ひと》つ、ぽつんと、とり残《のこ》されていることに、赤《あか》おには気《き》がつきました。

それは、ほかでもありません。青《あお》おにのこと——親《した》しいなかまの青《あお》おにが、あの日《ひ》、わかれていってから、ただの一度《いちど》もたずねてこなくなりました。

「どうしたのだろう。ぐあいが悪《わる》くているのかな。わざと、自分《じぶん》で、柱《はしら》にひたいをぶっつけたりして、角《つの》でもいためているのかな。ひとつ、見《み》まいに出《で》かけよう。」

赤《あか》おには、したくをしました。

キョウハ　イチニチ　ルスニ　ナリマス。
アシタハ　イマス。
ムラノ　ミナサマ
アカオニ

半紙《はんし》に書《か》いて戸口《とぐち》のところにはり出《だ》して、おには夜《よ》あけに家《いえ》を出《で》ました。山《やま》をいくつか、谷《たに》をいくつか、こえてわたって青《あお》おにの住《す》みかに来《き》ました。夏《なつ》もくれていくというのに、おく山《やま》の庭《にわ》のやぶには、まだ、やまゆりが、まっ白《しろ》な花《はな》をさかせて、ぷんぷんとにおっていました。松《まつ》の木《き》の太《ふと》い枝《えだ》から、ぱらぱらとつゆがこぼれて、ささの葉《は》をぬらしていました。まだ、日《ひ》はさしていませんでした。高《たか》い岩《いわ》のだんだんを急《いそ》いでのぼって、赤《あか》おには戸《と》口《ぐち》の前《まえ》に立《た》ちました。戸《と》が、かたくしまっていました。

「まだ、ねているかな。それとも、るすかな。」

ふと、気《き》がつくと、戸《と》のきわに、はり紙《がみ》がしてありました。そうして、それに、何《なに》か字《じ》が書《か》かれていました。

アカオニクン、ニンゲンタチトハ　ドコマデモ　ナカヨク
マジメニツキアッテ　タノシク　クラシテ　イッテ　クダサイ。
ボクハ　シバラク　キミニハ　オ目《め》ニ　カカリマセン。
コノママ　キミト　ツキアイヲ　ツヅケテ　イケバ、
ニンゲンハ、キミヲ　ウタガウ　コトガ　ナイトモ　カギリマセン。
ウスキミワルク　オモワナイデモ　アリマセン。
ソレデハ　マコトニ　ツマラナイ。
ソウ　カンガエテ、ボクハ　コレカラ　タビニ　デル　コトニ　シマシタ。
ナガイ　ナガイ　タビニ　ナルカモ　シレマセン。
ケレドモ、ボクハ　イツデモ　キミヲ　ワスレマスマイ。
ドコカデ　マタモ　アウ　日《ひ》ガ　アルカモ　シレマセン。
サヨウナラ、キミ、カラダヲ　ダイジニ　シテ　クダサイ。
ドコマデモ　キミノ　トモダチ
アオオニ

赤《あか》おには、だまって、それを読《よ》みました。二度《にど》も三度《さんど》も読《よ》みました。戸《と》に手《て》をかけて顔《かお》をおしつけ、しくしくと、なみだを流《なが》して泣《な》きました。

『おとぎばなし集《しゅう》
赤《あか》い船《ふね》』

『赤《あか》いろうそく（蠟燭《ろうそく》）と人魚《にんぎょ》』

『未明童話集《みめいどうわしゅう》』（丸善版《まるぜんばん》）

小川未明《おがわみめい》　浜田廣介《はまだひろすけ》　宮澤賢治《みやざわけんじ》　新美南吉《にいみなんきち》

名《めい》作《さく》童《どう》話《わ》が生《う》まれた時《じ》代《だい》

『ひろすけ童話選集《どうわせんしゅう》』
（ケース）

『ひろすけ童話選集《どうわせんしゅう》』

『イーハトーヴ童話《どうわ》
注文《ちゅうもん》の多《おお》い料理店《りょうりてん》』

『おじいさんのランプ』

写真提供：（左上から）小川未明文学館（上越市）、小川未明文学館（上越市）、小川未明文学館（上越市）
（左下から）浜田広介記念館、浜田広介記念館、林風舎、新美南吉記念館

小川《おがわ》未明《みめい》・浜田廣介《はまだひろすけ》・宮澤賢治《みやざわけんじ》・新美南吉《にいみなんきち》

名《めい》作《さく》童《どう》話《わ》が生《う》まれた時《じ》代《だい》

＊児童雑誌《じどうざっし》の創刊《そうかん》

この本《ほん》に収録《しゅうろく》した童話《どうわ》は、大正《たいしょう》から昭《しょう》和《わ》にかけて創作《そうさく》されました。その頃《ころ》、子《こ》どもの感性《かんせい》を育《そだ》てようという声《こえ》が高《たか》まり、たくさんの児童雑誌《じどうざっし》が創刊《そうかん》されました。

一九一六年《ねん》には、のちに浜田廣介《はまだひろすけ》が編集《へんしゅう》にたずさわる『良友《りょうゆう》』が創刊《そうかん》されます。一九一九年《ねん》の『良友《りょうゆう》』には、廣介《ひろすけ》の「むく鳥《どり》(椋鳥《むくどり》)の夢《ゆめ》」が掲載《けいさい》されました。この二年後《にねんご》に鈴木三重吉《すずきみえきち》が創刊《そうかん》した『赤《あか》い鳥《とり》』は、芥川龍之介《あくたがわりゅうのすけ》も作品《さくひん》を発《はっ》表《ぴょう》した、とても有名《ゆうめい》な児童雑誌《じどうざっし》です。小《お》川《がわ》未明《みめい》の「月夜《つきよ》とめがね(眼鏡《めがね》)」なども、のちに掲載《けいさい》されました。読者《どくしゃ》の子《こ》どもたちからも作品《さくひん》を募集《ぼしゅう》して、人気《にんき》を集《あつ》めました。この頃《ころ》の『赤《あか》い鳥《とり》』は、宮澤賢治《みやざわけんじ》や新美南吉《にいみなんきち》にとって憧《あこが》れの存在《そんざい》でした。

コドモ社《しゃ》の児童雑誌《じどうざっし》『良友《りょうゆう》』(一九一九年《ねん》一月号《がつごう》)表紙《ひょうし》。
提供：浜田広介記念館

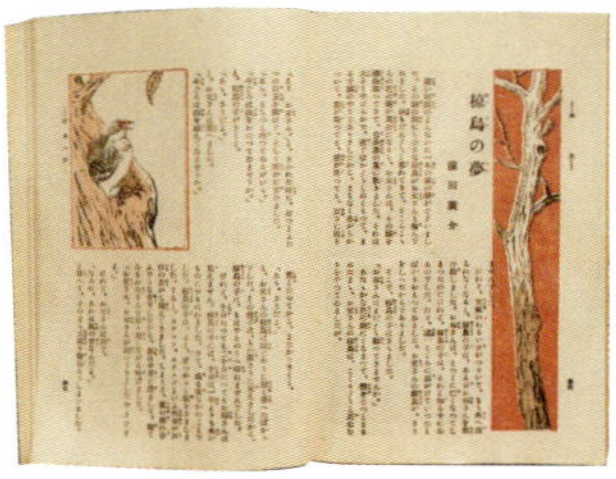

『良友《りょうゆう》』(1919年《ねん》1月号《がつごう》)に掲載《けいさい》された「むく鳥《どり》(椋鳥《むくどり》)の夢《ゆめ》」。
提供：浜田広介記念館

『赤《あか》い鳥《とり》』創刊号《そうかんごう》の表紙《ひょうし》。
提供：広島市立中央図書館

＊読《よ》みつがれる創作童話《そうさくどうわ》

この『赤《あか》い鳥《とり》』に影響《えいきょう》を受《う》けて、さまざまな児童雑誌《じどうざっし》が創刊《そうかん》されます。

一九一九年《ねん》には、未明《みめい》が主宰《しゅさい》した『おとぎの世界《せかい》』と、野口雨情《のぐちうじょう》をはじめ、数《かず》

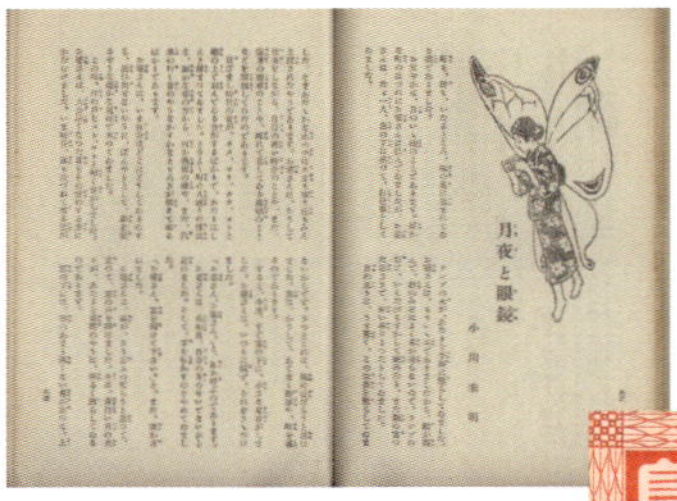

『赤《あか》い鳥《とり》』(1922年《ねん》9巻《かん》1号《ごう》)に掲載《けいさい》された「月夜《つきよ》とめがね(眼鏡《めがね》)」。
提供：広島市立中央図書館

『赤《あか》い鳥《とり》』(1922年《ねん》9巻《かん》1号《ごう》)表紙《ひょうし》。
提供：広島市立中央図書館

『金《きん》の船《ふね》』創刊号《そうかんごう》の表紙《ひょうし》。のちに、『金《きん》の星《ほし》』に名前《なまえ》をあらためます。　提供：金の星社

かずの童謡《どうよう》・童話《どうわ》を紹介《しょうかい》した『金《きん》の船《ふね》』が、一九二〇年《ねん》には『童話《どうわ》』が創刊《そうかん》されました。これらの児童雑誌《じどうざっし》から、すぐれた名作《めいさく》が次《つぎ》つぎと生《う》まれました。しかし、関東大震災《かんとうだいしんさい》や世界的《せかいてき》な経済不況《けいざいふきょう》のため、多《おお》くの児童雑誌《じどうざっし》が姿《すがた》を消《け》していきます。『赤《あか》い鳥《とり》』も一時休刊《いちじきゅうかん》しますが、一九三一年《ねん》に復刊《ふっかん》します。

復刊《ふっかん》した『赤《あか》い鳥《とり》』の一九三二年《ねん》一月号《がつごう》には、南吉《なんきち》の「ごんぎつね（狐《ぎつね》）」がのりました。同《おな》じ年《とし》、賢治《けんじ》の「グスコーブドリの伝記《でんき》」が雑誌《ざっし》『児童文学《じどうぶんがく》』に掲載《けいさい》されました。南吉《なんきち》と賢治《けんじ》の作品《さくひん》は、その多《おお》くが死《し》後《ご》に出版《しゅっぱん》され、人《ひと》びとに広《ひろ》く読《よ》まれるようになりました。

児童雑誌《じどうざっし》が光《ひか》り輝《かがや》いた時代《じだい》を生《い》きた未《み》明《めい》、廣介《ひろすけ》、賢治《けんじ》、南吉《なんきち》の作品《さくひん》は、今《いま》もなお読《よ》みつがれています。

年代《ねんだい》	おもなできごと	
1882		
1894	日清戦争《にっしんせんそう》	
1904	日露戦争《にちろせんそう》	
1910	韓国併合《かんこくへいごう》	
1914	第一次世界大戦《だいいちじせかいたいせん》	
1916		『良友《りょうゆう》』創刊《そうかん》
1918		『赤《あか》い鳥《とり》』創刊《そうかん》
1919		『おとぎの世界《せかい》』『金《きん》の船《ふね》』創刊《そうかん》
1920		「むくどり（椋鳥《むくどり》）のゆめ」発表《はっぴょう》 「光《ひかり》の星《ほし》」発表《はっぴょう》 『童話《どうわ》』創刊《そうかん》 「野《の》ばら」発表《はっぴょう》
1921		
1922		「月夜《つきよ》とめがね（眼鏡《めがね》）」発表《はっぴょう》
1923	関東大震災《かんとうだいしんさい》	
1924		童話集《どうわしゅう》『注文《ちゅうもん》の多《おお》い料理店《りょうりてん》』刊行《かんこう》
1928	第一回普通選挙《だいいっかいふつうせんきょ》	
1929	世界恐慌《せかいきょうこう》	
1931	満州事変《まんしゅうじへん》	『赤《あか》い鳥《とり》』復刊《ふっかん》 「ごんぎつね（狐《ぎつね》）」発表《はっぴょう》
1933		「泣《な》いた赤《あか》おに」発表《はっぴょう》 「手《て》ぶくろを買《か》いに」創作《そうさく》
1934		「セロひきのゴーシュ」発表《はっぴょう》
1935		「でんでん虫《むし》の悲《かな》しみ」創作《そうさく》
1936	二《に》・二六事件《にろくじけん》	
1939	第二次世界大戦《だいにじせかいたいせん》	
1941	太平洋戦争《たいへいようせんそう》	
1945	広島《ひろしま》、長崎《ながさき》に原子爆弾投下《げんしばくだんとうか》・終戦《しゅうせん》	
1946	日本国憲法公布《にほんこくけんぽうこうふ》	
1950	朝鮮戦争《ちょうせんせんそう》	
1964	東京《とうきょう》オリンピック大会《たいかい》	
1972	札幌《さっぽろ》オリンピック大会《たいかい》	
1973		

作家《さっか》の生涯《しょうがい》

- 小川未明《おがわみめい》（1882-1961）
- 浜田廣介《はまだひろすけ》（1893-1973）
- 宮澤賢治《みやざわけんじ》（1896-1933）
- 新美南吉《にいみなんきち》（1913-1943）

作《さく》者《しゃ》紹《しょう》介《かい》

日本《にほん》の児童文学《じどうぶんがく》に貢献《こうけん》した童話作家《どうわさっか》

小川《おがわ》 未明《みめい》

（一八八二－一九六一）

収録作品《しゅうろくさくひん》 「野《の》ばら」「月夜《つきよ》とめがね」

小川未明《おがわみめい》・おもな作品《さくひん》

「赤《あか》いろうそくと人魚《にんぎょ》」
「月《つき》とあざらし」
「牛女《うしおんな》」
「金《きん》の輪《わ》」
「黒《くろ》い人《ひと》と赤《あか》いそり」

作品《さくひん》の特徴《とくちょう》

小川未明《おがわみめい》の童話《どうわ》には、豊《ゆた》かな空想《くうそう》の世界《せかい》が描《えが》かれています。幻想的《げんそうてき》で独特《どくとく》な雰囲気《ふんいき》をもった作品《さくひん》が多《おお》く、「野《の》ばら」と「月夜《つきよ》とめがね（眼鏡《めがね》）」もそれにあたります。晩年《ばんねん》は、現実的《げんじつてき》な作風《さくふう》に変《か》わっていきました。

13歳《さい》の未明《みめい》と母《はは》のチヨ。

子《こ》ども～学生時代《がくせいじだい》

未明《みめい》は、新潟県《にいがたけん》の高城村《たかぎむら》（今《いま》の上越市《じょうえつし》）の士族《しぞく》（武士《ぶし》の家柄《いえがら》）の家《いえ》に生《う》まれ、雪国《ゆきぐに》の自然《しぜん》のなかで育《そだ》ちました。

母親《ははおや》は厳《きび》しく教育熱心《きょういくねっしん》で、未明《みめい》が小学校《しょうがっこう》にあがる前《まえ》から、私塾《しじゅく》で漢学《かんがく》などを学《まな》ばせました。そんな母《はは》の厳《きび》しさや寒《さむ》い気候《きこう》の土地《とち》で過《す》ごした経験《けいけん》は、未明《みめい》の作品《さくひん》に多《おお》くの影響《えいきょう》をあたえています。

十九歳《さい》のとき、上京《じょうきょう》して東京専門学校《とうきょうせんもんがっこう》（今《いま》の早稲田大学《わせだだいがく》）に入学《にゅうがく》した未明《みめい》は、さまざまな人《ひと》と出会《であ》います。文学者《ぶんがくしゃ》の坪内逍遙《つぼうちしょうよう》や島村抱月《しまむらほうげつ》、日本文化《にほんぶんか》の研究者《けんきゅうしゃ》の小《こ》泉八雲《いずみやくも》から学《まな》び、文学《ぶんがく》への興味《きょうみ》をさらに深《ふか》めたのです。在学中《ざいがくちゅう》に、初《はじ》めて書《か》いた小説《しょうせつ》を発表《はっぴょう》して注目《ちゅうもく》を集《あつ》めました。「未《み》明《めい》」という名前《なまえ》は、このときに逍遙《しょうよう》がつけたものです。

創作童話《そうさくどうわ》を発表《はっぴょう》

大学《だいがく》を卒業《そつぎょう》してからは、新聞《しんぶん》や雑誌《ざっし》の記者《きしゃ》として働《はたら》きながら、作品《さくひん》を書《か》きつづけました。そして、二十八歳《さい》のときに、童話集《どうわしゅう》『おとぎばなし集《しゅう》 赤《あか》い船《ふね》』を刊《かん》行《こう》します。この童話集《どうわしゅう》は、日本《にほん》で初《はじ》めての創作童話集《そうさくどうわしゅう》といわれています。その後《ご》も、大人《おとな》向《む》けの小説《しょうせつ》と子《こ》ども向《む》けの童話《どうわ》を書いていましたが、しだいに童話《どうわ》をおもに書《か》くようになりました。

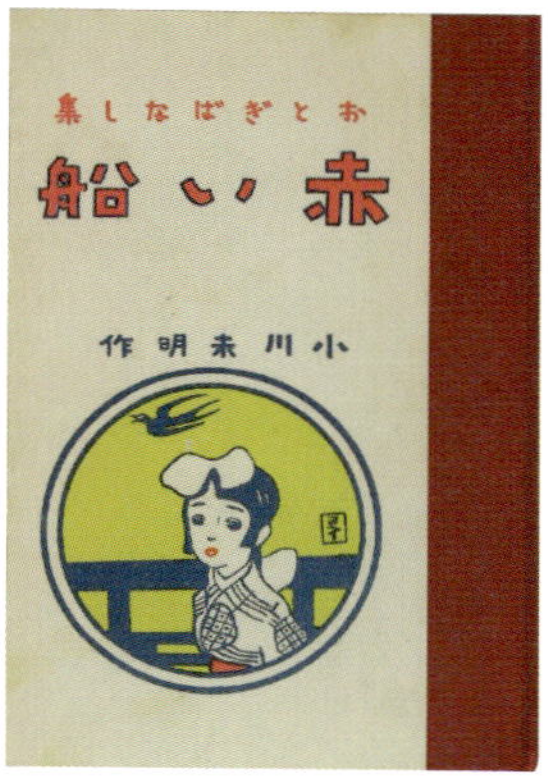

『おとぎばなし集《しゅう》　赤《あか》い船《ふね》』の表紙《ひょう し》。その後の日本《にほん》の児童文学《じどうぶんがく》に大《おお》きな影響《えいきょう》をあたえました。

その後《ご》、未明《みめい》は次《つぎ》つぎと作品《さくひん》を発表《はっぴょう》し、ふしぎな童話《どうわ》「赤《あか》いろうそく（蠟燭《ろうそく》）と人《にん》魚《ぎょ》」は、未明《みめい》の代表作《だいひょうさく》となりました。作《さく》品《ひん》を発表《はっぴょう》する一方《いっぽう》で、童話雑誌《どうわざっし》を創刊《そうかん》し、日本童話作家協会《にほんどうわさっかきょうかい》の創立《そうりつ》に参加《さんか》するなど、日本《にほん》の童話界《どうわかい》をリードする存在《そんざい》となりました。

晩年《ばんねん》

未明《みめい》の作品《さくひん》や活動《かつどう》がたたえられ、野間《のま》文芸賞《ぶんげいしょう》や日本芸術院賞《にほんげいじゅついんしょう》などの賞《しょう》をおくられました。また、日本児童文学者協会《にほんじどうぶんがくしゃきょうかい》の初代会長《しょだいかいちょう》や日本芸術院会員《にほんげいじゅついんかいいん》を務《つと》めて、日《に》本《ほん》の児童文学《じどうぶんがく》をあたたかく見守《みまも》りました。一〇〇〇をこえる童話《どうわ》を書《か》き残《のこ》し、未明《みめい》は七十九歳《さい》でこの世《よ》を去《さ》りました。

『赤《あか》いろうそく（蠟燭《ろうそく》）と人魚《にんぎょ》』の表紙《ひょうし》。このお話《はなし》は、新潟県上越《にいがたけんじょうえつ》市《し》の雁子浜《がんこはま》に伝《つた》わる人魚伝説《にんぎょでんせつ》がもとであるといわれています。

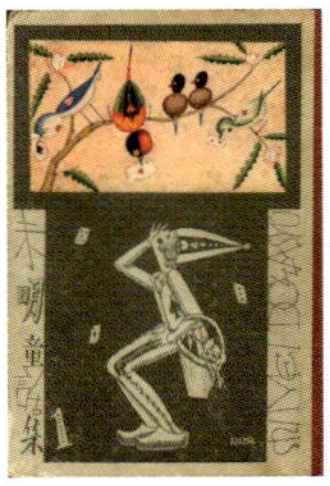
『未明童話集《みめいどうわしゅう》』（丸善《まるぜん》版《ばん》）の表紙《ひょうし》。童話《どうわ》づくりに専念《せんねん》することを決心《けっしん》してから、初《はじ》めての童話集《どうわしゅう》です。全《ぜん》5巻《かん》が刊行《かんこう》されました。

自宅《じたく》の書斎《しょさい》にて。

小川未明《おがわみめい》 年《ねん》表《ぴょう》

- **1882**　新潟県中頸城郡高城村《にいがたけんなかくびきぐんたかぎむら》（現《げん》・上越《じょうえつ》市《し》）に生《う》まれる。
- **1901**　東京専門学校《とうきょうせんもんがっこう》（現《げん》・早稲田大学《わせだだいがく》）に入学《にゅうがく》。
- **1904**　作品《さくひん》を発表《はっぴょう》しはじめる。
- **1905**　東京専門学校《とうきょうせんもんがっこう》を卒業《そつぎょう》。
- **1906**　結婚《けっこん》。
- **1909**　文筆業《ぶんぴつぎょう》に専念《せんねん》することを決意《けつい》。
- **1910**　『おとぎばなし集《しゅう》　赤《あか》い船《ふね》』を刊行《かんこう》。
- **1919**　「金《きん》の輪《わ》」「牛女《うしおんな》」を発表《はっぴょう》。
- **1920**　「野《の》ばら」を発表《はっぴょう》。
- **1921**　童話集《どうわしゅう》『赤《あか》いろうそく（蠟燭《ろうそく》）と人《にん》魚《ぎょ》』を刊行《かんこう》。
- **1922**　「月夜《つきよ》とめがね（眼鏡《めがね》）」を発表《はっぴょう》。
- **1925**　「月《つき》とあざらし」を発表《はっぴょう》。
- **1926**　日本童話作家協会《にほんどうわさっかきょうかい》の創立《そうりつ》に参加《さんか》。童話作家《どうわさっか》に専念《せんねん》することを決意《けつい》。
- **1927**　『未明童話集《みめいどうわしゅう》』第1巻《だいかん》を刊行《かんこう》。
- **1937**　童話雑誌《どうわざっし》『お話《はなし》の木《き》』を主宰《しゅさい》。
- **1946**　日本児童文学者協会《にほんじどうぶんがくしゃきょうかい》を創立《そうりつ》。第5回野間文芸賞《だいかいのまぶんげいしょう》を受賞《じゅしょう》。
- **1951**　日本芸術院賞《にほんげいじゅついんしょう》を受賞《じゅしょう》。
- **1953**　日本芸術院会員《にほんげいじゅついんかいいん》となり、文化功労者《ぶんかこうろうしゃ》として表彰《ひょうしょう》される。
- **1961**　逝去《せいきょ》。

小川未明文学館《おがわみめいぶんがくかん》

未明《みめい》の生《う》まれた新潟県上越市《にいがたけんじょうえつし》にあります。未明《みめい》の作品《さくひん》や生《お》い立《た》ちに関《かん》する資料《しりょう》などを展示《てんじ》し、読《よ》み語《がた》りや朗読会《ろうどくかい》などのイベントも行《おこな》われています。

所在地：新潟県上越市本城町8番30号（高田図書館内）

館内《かんない》の上映《じょうえい》スペース。

文学館《ぶんがくかん》のなかの様子《ようす》。

　写真・資料提供：小川未明文学館（上越市）

作《さく》者《しゃ》紹《しょう》介《かい》

“ひろすけ童話《どうわ》”で親《した》しまれる童話作家《どうわさっか》

浜田《はまだ》 廣介《ひろすけ》

（一八九三―一九七三）

収録作品《しゅうろくさくひん》

「むく鳥《どり》のゆめ」「光《ひかり》の星《ほし》」「泣《な》いた赤《あか》おに」

浜田廣介《はまだひろすけ》・おもな作品《さくひん》

「りゅうの目《め》のなみだ」

「ますとおじいさん」

「ある島《しま》のきつね」

「花《はな》びらの旅《たび》」

「一《ひと》つの願《ねが》い」

作品《さくひん》の特徴《とくちょう》

浜田廣介《はまだひろすけ》の童話《どうわ》は、やさしさや思《おも》いやり、ときにはせつなさを織《お》り交《ま》ぜた、情《じょう》感《かん》あふれる物語《ものがたり》です。この本《ほん》に収録《しゅうろく》された三作品《さんさくひん》のように、幼児《ようじ》に語《かた》りかけるような、わかりやすく、やさしいことばで書《か》かれているのも特徴《とくちょう》です。

13歳《さい》の廣介《ひろすけ》。廣介《ひろすけ》の作文《さくぶん》はとても上手《じょうず》だったので、クラスの仲間《なかま》に読《よ》み聞《き》かされることもありました。

子《こ》ども～学生時代《がくせいじだい》

廣介《ひろすけ》は、山形県《やまがたけん》の屋代村《やしろむら》（今《いま》の高畠町《たかはたまち》）の農業《のうぎょう》を営《いとな》む家《いえ》に生《う》まれました。母親《ははおや》がたくさん昔話《むかしばなし》を語《かた》って聞《き》かせたので、廣《ひろ》介《すけ》はお話《はなし》に興味《きょうみ》をもち、多《おお》くの本《ほん》を読《よ》みました。文章《ぶんしょう》を書《か》くことも好《す》きになり、雑誌《ざっし》に投稿《とうこう》した作文《さくぶん》が入選《にゅうせん》して、銀《ぎん》メダルと懐中時計《かいちゅうどけい》をもらったこともありました。そんな廣介《ひろすけ》でしたが、母親《ははおや》が家《いえ》を出《で》て行《い》き、悲《かな》しい思《おも》いをしました。

中学校《ちゅうがっこう》を卒業《そつぎょう》した廣介《ひろすけ》は、上京《じょうきょう》して、憧《あこが》れだった早稲田大学《わせだだいがく》へ進《すす》みます。とても貧《まず》しい生活《せいかつ》でしたが、熱心《ねっしん》に勉強《べんきょう》をつづけました。在学中《ざいがくちゅう》に、新聞《しんぶん》『万朝報《よろずちょうほう》』に投稿《とうこう》した小説《しょうせつ》が入選《にゅうせん》しました。その後《ご》もいくつもの作品《さくひん》を応募《おうぼ》し、入選《にゅうせん》するともらえる賞金《しょうきん》を、学費《がくひ》や生活費《せいかつひ》にあてていました。

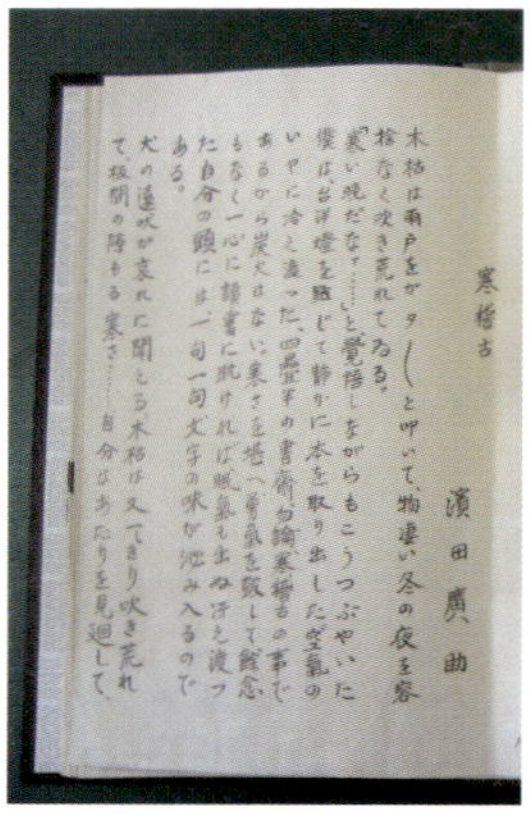

屋代尋常高等小学校高等科《やしろじんじょうこうとうしょうがっこうこうとうか》での卒業作品《そつぎょうさくひん》「寒稽古《かんげいこ》」。

童話作家《どうわさっか》への歩《あゆ》み

二十三歳《さい》のときに、初《はじ》めての童話《どうわ》「黄金《こがね》

の稲束《いなたば》」を書《か》き、翌年《よくねん》、『大阪朝日新聞《おおさかあさひしんぶん》』の募集《ぼしゅう》した新作《しんさく》おとぎ話《ばなし》で、一等《いっとう》に入選《にゅうせん》しました。この童話《どうわ》は「良《よ》い者《もの》が悪《わる》い者《もの》をこらしめる」という多《おお》くのほかの童話《どうわ》とは一味《ひとあじ》ちがいました。馬《うま》とおじいさんがおたがいを思《おも》いやる様子《ようす》を描《えが》き、高《たか》く評価《ひょうか》されたのです。廣介《ひろすけ》はこうした思《おも》いやりの気持《きも》ちを、生涯《しょうがい》書《か》きつづけました。

「黄金《こがね》の稲束《いなたば》」のあと、廣介《ひろすけ》は活発《かっぱつ》に作品《さくひん》を書《か》きます。児童雑誌《じどうざっし》『良友《りょうゆう》』へ発表《はっぴょう》したり、初《はじ》めての童話集《どうわしゅう》『むく鳥《どり》(椋鳥《むくどり》)のゆめ』も刊行《かんこう》しました。大学卒業後《だいがくそつぎょうご》は出版社《しゅっぱんしゃ》で働《はたら》きますが、のちに文筆活動《ぶんぴつかつどう》に専念《せんねん》します。関東大震災《かんとうだいしんさい》、そして戦争《せんそう》が起《お》こる時代《じだい》のなかで、廣介《ひろすけ》は童話《どうわ》を書《か》きつづけました。

晩年《ばんねん》

やがて戦争《せんそう》が終《お》わり、『ひろすけ童話《どうわ》選集《せんしゅう》』が刊行《かんこう》されました。この本《ほん》はベストセラーとなり、戦後《せんご》まもない貧《まず》しい時代《じだい》に、子《こ》どもたちに夢《ゆめ》や希望《きぼう》をあたえました。廣介《ひろすけ》はその後《ご》、日本児童文芸家協会《にほんじどうぶんげいかきょうかい》会長《かいちょう》を務《つと》めながら積極的《せっきょくてき》に童話《どうわ》を書《か》きつづけ、生涯《しょうがい》で二〇〇冊以上《さついじょう》の単行本《たんこうぼん》を出《だ》し、八十歳《さい》でこの世《よ》を去《さ》りました。

『ひろすけ童話選集《どうわせんしゅう》』ケース。

『ひろすけ童話選集《どうわせんしゅう》』表紙《ひょうし》。

1964年《ねん》に山形県高畠町《やまがたけんたかはたまち》の鳩峰高原《はとみねこうげん》に建《た》てられた「ひろすけ童話碑《どうわひ》」。碑《ひ》には「むくどりの夢《ゆめ》のかあさん白《しろ》い鳥《とり》　さめて見《み》るかれ葉《は》の上《うえ》の白《しろ》い雪《ゆき》」と刻《きざ》まれています。

浜田廣介《はまだひろすけ》 年《ねん》表《ぴょう》

1893 山形県東置賜郡屋代村《やまがたけんひがしおきたまぐんやしろむら》(現《げん》・高畠町《たかはたまち》)に生《う》まれる。

1906 時事新報社《じじしんぽうしゃ》の雑誌《ざっし》『少年《しょうねん》』に投稿《とうこう》した「友人《ゆうじん》」が入選《にゅうせん》。

1913 歌集《かしゅう》『みずからを哀《あわ》れむ歌《うた》』をつくる。

1914 県立米沢中学校《けんりつよねざわちゅうがっこう》(現《げん》・興譲館高等学校《こうじょうかんこうとうがっこう》)を卒業《そつぎょう》。
早稲田大学高等予科《わせだだいがくこうとうよか》に入学《にゅうがく》。
『万朝報《よろずちょうほう》』に投稿《とうこう》した小説《しょうせつ》「零落《れいらく》」が入選《にゅうせん》。

1917 『大阪朝日新聞《おおさかあさひしんぶん》』に応募《おうぼ》した童話《どうわ》「黄金《こがね》の稲束《いねたば》」が入選《にゅうせん》。

1921 『むく鳥《どり》(椋鳥《むくどり》)のゆめ』を刊行《かんこう》。

1923 作家活動《さっかかつどう》に専念《せんねん》することを決意《けつい》。

1926 新童話作家《しんどうわさっか》の会《かい》、童話作家協会《どうわさっかきょうかい》を創立《そうりつ》。

1941 『りゅうの目《め》のなみだ』を刊行《かんこう》。

1945 戦争《せんそう》がはげしくなり、疎開《そかい》する。

1948 『ひろすけ童話選集《どうわせんしゅう》』が児童図書《じどうとしょ》ベストセラーとなる。

1955 日本児童文芸家協会《にほんじどうぶんげいかきょうかい》の初代会長《しょだいかいちょう》となる。

1964 「ひろすけ童話碑《どうわひ》」が建《た》てられる。

1966 母校《ぼこう》・屋代小学校《やしろしょうがっこう》に「道《みち》ばたの石《いし》の碑《ひ》」が建《た》てられる。

1973 逝去《せいきょ》。

浜田広介記念館《はまだひろすけきねんかん》

廣介《ひろすけ》の生《う》まれた山形県高畠町《やまがたけんたかはたまち》にあります。記念館《きねんかん》の敷地内《しきちない》には、廣介《ひろすけ》の生家《せいか》が復元《ふくげん》されていて、見学《けんがく》することができます。

所在地:山形県東置賜郡高畠町大字一本柳2110番地

記念館《きねんかん》の外観《がいかん》。

記念館《きねんかん》のなかの様子《ようす》。

写真・資料提供:浜田広介記念館・浜田留美

作《さく》者《しゃ》紹《しょう》介《かい》

"イーハトーヴ"の世界《せかい》を描《えが》いた童話作家《どうわさっか》

宮澤《みやざわ》 賢治《けんじ》（一八九六－一九三三）

収録作品《しゅうろくさくひん》

「注文《ちゅうもん》の多《おお》い料理店《りょうりてん》」

「セロひきのゴーシュ」

宮澤賢治《みやざわけんじ》・おもな作品《さくひん》

「雪渡《ゆきわた》り」

「やまなし」

「銀河鉄道《ぎんがてつどう》の夜《よる》」

「オッベルと象《ぞう》」

「風《かぜ》の又三郎《またさぶろう》」

作品《さくひん》の特徴《とくちょう》

宮澤賢治《みやざわけんじ》の童話《どうわ》は、日本語《にほんご》の特質《とくしつ》をいかした豊《ゆた》かな表現《ひょうげん》が特徴的《とくちょうてき》です。オノマトペ（擬声語《ぎせいご》・擬態語《ぎたいご》）や、賢治独自《けんじどくじ》のことばが多《おお》く使《つか》われています。また、賢治《けんじ》が生涯探求《しょうがいたんきゅう》した宗教《しゅうきょう》や自然《しぜん》、宇宙《うちゅう》についての考《かんが》え方《かた》などが作品《さくひん》に反映《はんえい》されています。

幼《おさな》い頃《ころ》の賢治《けんじ》（右《みぎ》）と妹《いもうと》のトシ。とても仲《なか》の良《よ》い兄妹《きょうだい》で、トシは賢治《けんじ》の作品《さくひん》のよき理解者《りかいしゃ》でした。 提供：林風舎

＊子《こ》ども～学生時代《がくせいじだい》

賢治《けんじ》は岩手県《いわてけん》の里川口町《さとかわぐちまち》（今《いま》の花巻市《はなまきし》）の質《しち》・古着商《ふるぎしょう》を営《いとな》む裕福《ゆうふく》な家《いえ》に生《う》まれました。鉱物《こうぶつ》や昆虫《こんちゅう》の採集《さいしゅう》が好《す》きな少年《しょうねん》でした。小学校《しょうがっこう》では、先生《せんせい》が読《よ》み聞《き》かせてくれる童話《どうわ》などをたくさん聞《き》いて、過《す》ごしました。また、中《ちゅう》学生《がくせい》のときには哲学《てつがく》書《しょ》や仏教《ぶっきょう》の本《ほん》を読《よ》むなど、とても勉強熱《べんきょうねっ》心《しん》な子《こ》どもでした。十四歳《さい》の頃《ころ》には、短《たん》歌《か》を詠《よ》みはじめます。

『アザリア』第三号《だいさんごう》。短歌《たんか》や散文《さんぶん》を発表《はっぴょう》しました。 提供：宮沢賢治記念館

努力家《どりょくか》の賢治《けんじ》は、一番《いちばん》の成績《せいせき》で盛岡高《もりおかこう》等農林学校《とうのうりんがっこう》に入学《にゅうがく》しました。学校《がっこう》の会報《かいほう》に自分《じぶん》の短歌《たんか》を発表《はっぴょう》し、仲間《なかま》とともに文《ぶん》芸誌《げいし》『アザリア』を創刊《そうかん》するなど、充実《じゅうじつ》した学生生活《がくせいせいかつ》を過《す》ごしました。

＊教育《きょういく》と創作《そうさく》

卒業後《そつぎょうご》、賢治《けんじ》は上京《じょうきょう》し、印刷所《いんさつじょ》でアルバイトをしながら仏教《ぶっきょう》の信仰《しんこう》を深《ふか》めます。創作《そうさく》にも取《と》り組《く》み、故郷《こきょう》にもどるときのトランクには、たくさんの原稿《げんこう》が入《はい》っていたそうです。妹《いもうと》のトシが病《やまい》にたお

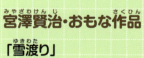

れたため、花巻《はなまき》にもどった賢治《けんじ》は、農学《のうがっ》校《こう》の先生《せんせい》になります。生徒《せいと》たちに自分《じぶん》の書《か》いた詩《し》や童話《どうわ》を語《かた》って聞《き》かせ、脚本《きゃくほん》を書《か》いてともに劇《げき》をつくったりもしました。また、生徒《せいと》たちと過《す》ごすうちに、農村《のうそん》のかかえる問題《もんだい》を知《し》ることになりました。

この頃《ころ》、詩集《ししゅう》『心象《しんしょう》スケッチ　春《はる》と修《しゅ》羅《ら》』と童話集《どうわしゅう》『イーハトーヴ童話《どうわ》　注文《ちゅうもん》の多《おお》い料理店《りょうりてん》』を自費出版《じひしゅっぱん》します。賢治《けんじ》がえがいたドリームランド「イーハトーヴ」は、故郷《こきょう》の人《ひと》びととの関《かか》わりのなかでしだいにつくりあげられた世界《せかい》でした。

『イーハトーヴ童話《どうわ》　注文《ちゅうもん》の多《おお》い料理店《りょうりてん》』の表紙《ひょうし》。イーハトーヴを舞台《ぶたい》にした童話《どうわ》9編《へん》がおさめられています。　提供：林風舎

＊晩年《ばんねん》

農学校《のうがっこう》の先生《せんせい》をやめた賢治《けんじ》は、農村《のうそん》の暮《く》らしをよりよくするために「羅須地人《らすちじん》協会《きょうかい》」をつくりました。積極的《せっきょくてき》に活動《かつどう》をしますが、無理《むり》をしすぎて病気《びょうき》にかかってしまいます。からだが思《おも》うように動《うご》かないなか、素朴《そぼく》な人生観《じんせいかん》をしめした「雨《あめ》ニモマケズ」を手帳《てちょう》に書《か》き残《のこ》しています。

賢治《けんじ》は、死《し》の直前《ちょくぜん》まで農村《のうそん》のための活《かつ》動《どう》をつづけ、三十七歳《さい》で亡《な》くなりました。死後《しご》、数多《かずおお》くの作品《さくひん》が刊行《かんこう》され、世《よ》の中《なか》に広《ひろ》く知《し》られるようになりました。

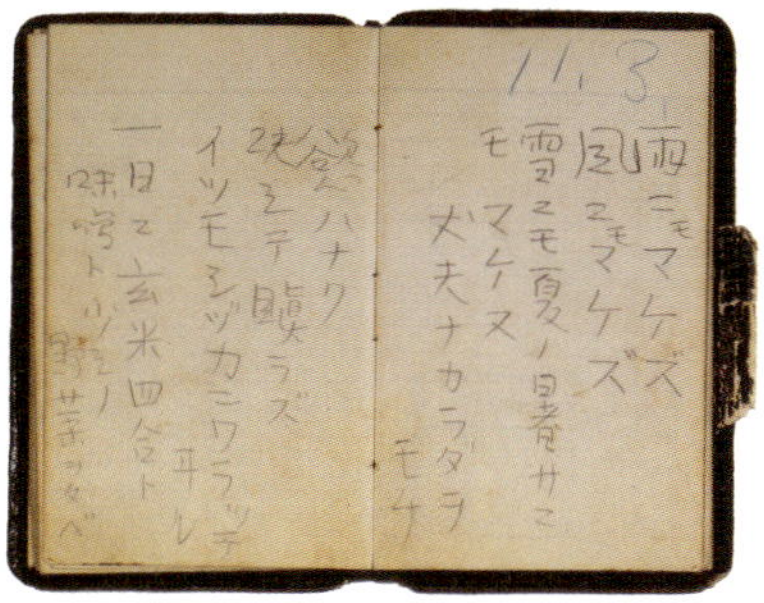
「雨《あめ》ニモマケズ」は、賢治《けんじ》の死後《しご》に発見《はっけん》されました。この手帳《てちょう》は「雨《あめ》ニモマケズ手帳《てちょう》」とよばれ、発病《はつびょう》して健康《けんこう》への不安《ふあん》を抱《かか》えていた晩年《ばんねん》の賢治《けんじ》の姿《すがた》を知《し》ることができます。
提供：林風舎

宮澤賢治《みやざわけんじ》 年《ねん》表《ぴょう》

1896 岩手県稗貫郡里川口町《いわてけんひえぬきぐんさとかわぐちまち》（現《げん》・花巻《はなまき》市《し》）に生《う》まれる。

1903 町立花巻川口尋常高等小学校尋常《ちょうりつはなまきかわぐちじんじょうこうとうしょうがっこうじんじょう》科《か》に入学《にゅうがく》。

1907 鉱物《こうぶつ》が好《す》きで、「石《いし》コ賢《けん》さん」とよばれる。

1909 県立盛岡中学校《けんりつもりおかちゅうがっこう》（現《げん》・盛岡第一高等《もりおかだいいちこうとう》学校《がっこう》）入学《にゅうがく》。

1915 盛岡高等農林学校農学科第二部《もりおかこうとうのうりんがっこうのうがくかだいにぶ》（現《げん》・岩手大学農学部農芸化学科《いわてだいがくのうがくぶのうげいかがくか》）に首席《しゅせき》で入学《にゅうがく》。

1916 学内誌《がくないし》『校友会会報《こうゆうかいかいほう》』に短歌《たんか》を発表《はっぴょう》。

1917 学内文芸同人誌《がくないぶんげいどうじんし》『アザリア』を創刊《そうかん》。

1921 上京《じょうきょう》。印刷所《いんさつじょ》でアルバイトをする。

1922 妹《いもうと》・トシの病状悪化《びょうじょうあっか》のため、帰郷《ききょう》。
稗貫農学校《ひえぬきのうがっこう》（現《げん》・花巻農業高等学《はなまきのうぎょうこうとうがっ》校《こう》）の教員《きょういん》となる。
トシが亡《な》くなる。

1924 詩集《ししゅう》『心象《しんしょう》スケッチ　春《はる》と修羅《しゅら》』と童話集《どうわしゅう》『注文《ちゅうもん》の多《おお》い料理店《りょうりてん》』を刊行《かんこう》。

1926 教員《きょういん》をやめて、羅須地人協会《らすちじんきょうかい》の活《かつ》動《どう》をはじめる。

1931 東北砕石工場技師《とうほくさいせきこうじょうぎし》となる。

1933 逝去《せいきょ》。

宮沢賢治記念館《みやざわけんじきねんかん》

賢治《けんじ》が愛用《あいよう》したチェロなど、数多《かずおお》くの資料《しりょう》が展示《てんじ》されています。2015年《ねん》にリニューアルした展示《てんじ》では、多方面《たほうめん》から賢治《けんじ》の世界《せかい》を感《かん》じることができます。

所在地：岩手県花巻市矢沢1-1-36

記念館《きねんかん》の外観《がいかん》。

記念館《きねんかん》の入口《いりぐち》にある「猫《ねこ》の事務所《じむしょ》」。

資料提供：宮沢賢治記念館

作《さく》者《しゃ》紹《しょう》介《かい》

病《やまい》とたたかいながら創作《そうさく》をつづけた童話作家《どうわさっか》

新美《にいみ》 南吉《なんきち》

（一九一三ー一九四三）

収録作品《しゅうろくさくひん》

「手《て》ぶくろを買《か》いに」「でんでん虫《むし》の悲《かな》しみ」「ごんぎつね」

新美南吉《にいみなんきち》・おもな作品《さくひん》

「おじいさんのランプ」

「牛《うし》をつないだ椿《つばき》の木《き》」

「木《き》の祭《まつり》」

「久助君《ひさすけくん》の話《はなし》」

「花《はな》のき村《むら》と盗人《ぬすびと》たち」

作品《さくひん》の特徴《とくちょう》

新美南吉《にいみなんきち》の童話《どうわ》は、豊《ゆた》かな物語性《ものがたりせい》が特徴《とくちょう》です。「ごんぎつね（狐《ぎつね》）」や「手《て》ぶくろを買《か》いに」のように、話《はなし》の筋《すじ》がはっきりしていて、場《ば》面《めん》も印象的《いんしょうてき》なためです。また、「でんでん虫《むし》の悲《かな》しみ」に代表《だいひょう》されるように、たくさんの幼年《ようねん》童話《どうわ》も書《か》き残《のこ》しました。

南吉《なんきち》の生家《せいか》。当時《とうじ》の間《ま》取《ど》りが復元《ふくげん》され、公開《こうかい》されています。

＊子《こ》ども〜少年時代《しょうねんじだい》

南吉《なんきち》は、愛知県《あいちけん》の半田町《はんだちょう》（今《いま》の半田市《はんだし》）の岩滑《やなべ》に生《う》まれました。幼《おさな》いうちに実《じつ》の母《はは》を亡《な》くし、養子《ようし》に出《だ》されるなど、さびしい思《おも》いをたくさんしました。

中学生《ちゅうがくせい》になった南吉《なんきち》は、すっかり童話好《どうわず》きの少年《しょうねん》になっていました。そして、作家《さっか》になることを夢《ゆめ》みるようになります。父親《ちちおや》は南吉《なんきち》に、小学校《しょうがっこう》の先生《せんせい》になるようにすすめますが、南吉《なんきち》は自分《じぶん》の才能《さいのう》を信《しん》じて創作《そうさく》に励《はげ》みました。

小学校卒業時《しょうがっこうそつぎょうじ》の南吉《なんきち》（後列中央《こうれつちゅうおう》）。

雑誌《ざっし》に作品《さくひん》を投稿《とうこう》し、掲載《けいさい》されるようになると、少《すこ》しずつ自信《じしん》をつけていきました。そして、仲間《なかま》たちと同人雑誌《どうじんざっし》『オリオン』をつくるなど、ひたむきに創作《そうさく》活動《かつどう》をしました。

＊上京《じょうきょう》を決心《けっしん》

中学《ちゅうがく》を卒業《そつぎょう》した南吉《なんきち》は、小学校《しょうがっこう》の先生《せんせい》として半年間働《はんとしかんはたら》くことになりました。南《なん》吉《きち》は、児童《じどう》たちにさまざまなことを語《かた》って聞《き》かせ、反応《はんのう》をよく見《み》ていました。それは、童話《どうわ》を書《か》く上《うえ》で貴重《きちょう》な経験《けいけん》となりました。このあと南吉《なんきち》は、名作《めいさく》「ごんぎつね(狐《ぎつね》)」の草稿《そうこう》を書《か》き、『赤《あか》い鳥《とり》』に掲載《けいさい》されます。

大学《だいがく》に入学《にゅうがく》し、東京《とうきょう》での生活《せいかつ》がはじまります。童話作家《どうわさっか》や童謡作家《どうようさっか》との交流《こうりゅう》により、影響《えいきょう》を受《う》けました。しかし、病気《びょうき》にかかってしまい、南吉《なんきち》は故郷《こきょう》の岩滑《やなべ》に帰《かえ》ることになります。そして、恩師《おんし》のはからいで女学校《じょがっこう》の教員《きょういん》となりました。南吉《なんきち》は、生徒《せいと》たちに詩《し》などを教《おし》え、自身《じしん》は新聞《しんぶん》へ作品《さくひん》を発表《はっぴょう》するなど、充実《じゅうじつ》した毎日《まいにち》を送《おく》るようになります。しかし、南吉《なんきち》の病気《びょうき》はだんだん悪《わる》くなっていったのです。

晩年《ばんねん》

南吉《なんきち》は、病気《びょうき》とたたかいながら、作品《さくひん》を書《か》きつづけました。代表作《だいひょうさく》を次《つぎ》つぎと書《か》きあげ、初《はじ》めての童話集《どうわしゅう》『おじいさんのランプ』を出版《しゅっぱん》しました。しかし病気《びょうき》はついになおらず、二十九歳《さい》の春《はる》、父《ちち》と母《はは》に見守《みまも》られて亡《な》くなりました。故郷《こきょう》の岩滑《やなべ》を舞台《ぶたい》に、日常《にちじょう》の身近《みぢか》なことをテーマにした南吉《なんきち》の作品《さくひん》は、今《いま》でも多《おお》くの人《ひと》びとに親《した》しまれています。

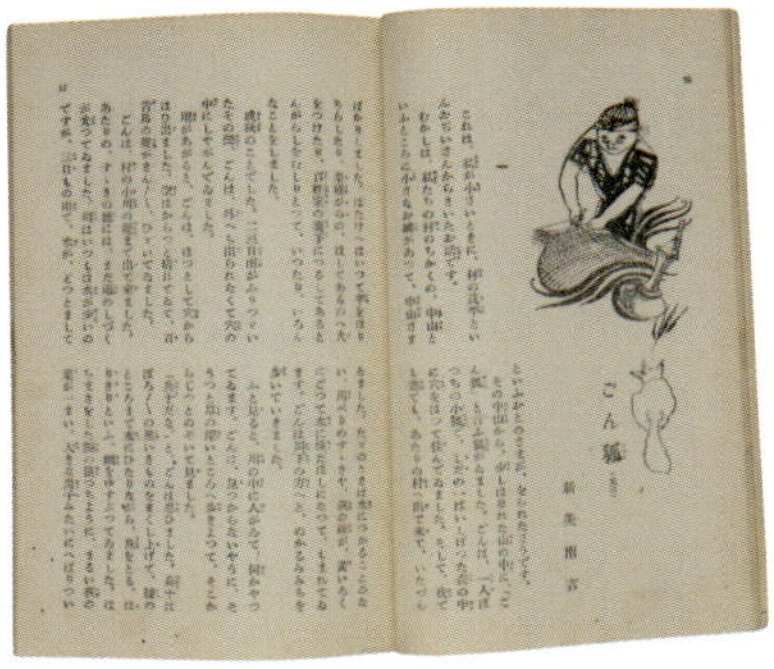

『赤《あか》い鳥《とり》』に掲載《けいさい》された「ごんぎつね(狐《ぎつね》)」。教《きょう》科書《かしょ》に採用《さいよう》されるなど、今《いま》でも人《ひと》びとに読《よ》みつがれる名作《めいさく》です。

『赤《あか》い鳥《とり》』(一九三二年《ねん》三巻《かん》一号《ごう》)表紙《ひょうし》。「ごんぎつね(狐《ぎつね》)」が掲載《けいさい》されました。

亡《な》くなる数《すう》か月前《げつまえ》に刊行《かんこう》された、童話集《どうわしゅう》『おじいさんのランプ』表紙《ひょうし》。

新美南吉《にいみなんきち》 年《ねん》表《ぴょう》

1913	愛知県《あいちけん》知多郡《ちたぐん》半田町《はんだちょう》(現《げん》・半田市《はんだし》)に生《う》まれる。
1929	仲間《なかま》とともに同人誌《どうじんし》『オリオン』を発行《はっこう》。
1931	半田中学校《はんだちゅうがっこう》を卒業《そつぎょう》。 母校《ぼこう》の半田第二尋常小学校《はんだだいにじんじょうしょうがっこう》の代用《だいよう》教員《きょういん》となる。 草稿《そうこう》「権狐《ごんぎつね》」を執筆《しっぴつ》。 『赤《あか》い鳥《とり》』(1月号《がつごう》)に「ごんぎつね」が掲載《けいさい》される。
1932	東京外国語学校《とうきょうがいこくごがっこう》(現《げん》・東京外国語大学《とうきょうがいこくごだいがく》)に入学《にゅうがく》。
1933	「手《て》ぶくろを買《か》いに」を創作《そうさく》。
1935	「でんでん虫《むし》の悲《かな》しみ」を創作《そうさく》。
1936	東京外国語学校《とうきょうがいこくごがっこう》を卒業《そつぎょう》。故郷《こきょう》の岩滑《やなべ》に帰《かえ》る。
1938	安城高等女学校《あんじょうこうとうじょがっこう》の教員《きょういん》となる。
1940	『婦女界《ふじょかい》』に「銭《ぜに》」、『新児童文化《しんじどうぶんか》』に「川《かわ》」が掲載《けいさい》される。
1941	長編童話《ちょうへんどうわ》『良寛物語《りょうかんものがたり》　手毬《てまり》と鉢《はち》の子《こ》』を刊行《かんこう》。 体調《たいちょう》を崩《くず》し、遺書《いしょ》を書《か》く。
1942	童話集《どうわしゅう》『おじいさんのランプ』を刊行《かんこう》。
1943	逝去《せいきょ》。

新美南吉記念館《にいみなんきちきねんかん》

南吉《なんきち》の生誕《せいたん》80周年《しゅうねん》・没後《ぼつご》50周年《しゅうねん》を記念《きねん》して、岩滑《やなべ》に建《た》てられました。南吉《なんきち》の残《のこ》した作品《さくひん》の原稿《げんこう》や日記《にっき》を見《み》ることができます。

所在地：愛知県半田市岩滑西町1-10-1

記念館《きねんかん》の外観《がいかん》。

「手《て》ぶくろを買《か》いに」の帽子屋《ぼうしや》。

写真・資料提供：新美南吉記念館

カバーイラスト◆柴田ケイコ

カバーデザイン◆武田紗和（フレーズ）

本文デザイン◆フレーズ

校正協力◆青木一平

編集協力◆株式会社 童夢

●本書の編集にあたっては、以下を底本としました。
『定本　小川未明童話全集』（講談社）
『校定　新美南吉全集』（大日本図書）
『浜田廣介全集』（集英社）
『新校本　宮澤賢治全集』（筑摩書房）
ただし、現代かなづかい、現代送りがなを使用しています。

●年少の読者にとっての読みやすさを考慮し、原文を損なうおそれが少ないと思われる範囲で、漢字表記をかな表記に改めたり、傍点や句読点、字下げ・改行などを追加している箇所があります。

●本書に収録した作品には、今日の人権擁護の観点からすると適切でないと思われる表現が含まれていますが、作品が書かれた時代背景や、作者に人権侵害の意図がなかったことなどを考慮し、原文のまま掲載しています。

●本書は小社より2009年11月に発売された『日本の名作童話絵本』（上・下）を１冊にまとめ、作者・作品の解説を付け加えたものです。

小学生のうちに読んでおきたい
胸を打つ 日本の美しい物語

主婦と生活社 編

編集人　殿塚郁夫
発行人　永田智之
発 行　株式会社 主婦と生活社
〒104-8357　東京都中央区京橋 3-5-7
編 集　電話 03-3563-5133
販 売　電話 03-3563-5121
生 産　電話 03-3563-5125
ホームページ　http://www.shufu.co.jp
印刷　大日本印刷株式会社
製本　株式会社若林製本工場

Printed in Japan ISBN978-4-391-14705-6